LUIS ELIN RENTERIA

AMPORA

AMPORÁ

Escrito por Luis Elin Rentería Cañola
Amporá Primera Edición 2017

ISBN: 978-1976950032

TABLA DE CONTENIDO

DEDICACION

Para mi madre con mucho amor, a mi esposa e hijos, gracias por su comprensión.

Para mis amigos Doug y Jeanette, por su sinceridad y honestidad.

PREFACIO

Amporá, es una narración de sucesos verdaderos y ficticios de una biografía, presentada en distintos escenarios de la geografía colombiana; las vivencias de un personaje por alcanzar la libertad interior y la paz de conciencia en una sociedad intolerante.

El narrador, describe una serie de diálogos o conversaciones mentales, en donde el objetivo principal es demostrar, que, aunque son imaginarios tienen una realidad presente.

Los esfuerzos de superación, de un joven campesino, para el que la naturaleza, le enseñó cómo vivir en armonía con su entorno; los hechos acontecidos en la región del oro verde, las bananeras de Urabá; creciendo en medio de la violencia urbana, rural y política de una vasta zona, que, aunque hoy sigue siendo divergente y diversa, aun es la más importante del departamento de Antioquia como polo de desarrollo.

La muerte, como significado de acallamiento de la voz parlante, de la injusticia social y todos los matices de una vida llena de controversias, hacen de esta narración una oportunidad para reflexionar en el valor de la vida, aunque esta sea efímera.

INTRODUCCION

Las experiencias expresadas en este escrito hacen parte de la realidad que aún vivimos las minorías colombianas, los afrodescendientes, continuamos siendo vituperados y nuestras regiones, marginadas por el estado. La región Bananera de Urabá sigue poniendo los muertos, por la lucha territorial de grupos armados, la delincuencia común y organizada, ha brotado con mayor fuerza, debido a los desplazamientos forzados y la falta de gobernabilidad en zonas abandonadas.

Sin embargo, a pesar de todo lo negativo que la sociedad colombiana pueda ofrecer; este libro manifiesta una oportunidad para que ese arco iris, que engrandece las etnias y minorías del país, pueda emerger con capacidad de pertenencia y con metas de prosperidad individual; reconociendo, que lo que es posible para una persona, puede ser posible para muchos.

Amporá, es una verdadera narración ecuánime de la verdad, inspirada en el acontecer cotidiano de Luis Elin Rentería Cañola, todos los eventos y sucesos fueron reales, excepto los ficcionales como los sueños con los seres de las alturas. Es verídico, que la poligamia es acentuada en costumbres africanas, es verídico, que el ombligar a los niños es tradicional en la raza negra, heredada de los ancestros africanos y es un hecho que las creencias en espíritus y pactos demoniacos tienen nexos con la ambivalencia de nuestra cultura.

1

LAS FALACIAS DEL AMOR

"El rio Amporá me vio nacer, en medio de la selva chocoana del Baudó, Urabá me vio crecer, Medellín me profesionalizó, Mutatá me dio la experiencia laboral y Canadá me fortaleció con sus cuatro estaciones".

La vida, es el más maravilloso tesoro que he tenido como ser humano, y esta es algo que viviré en su intensidad cada segundo que la tenga; pues mi medio me ha enseñado a tener esperanza en medio de la adversidad.

Esta historia tuvo lugar, en un país muy especial, con un área continental de aproximadamente 1'142.000 km^2 y con área marina 930.000 Km., rodeado de dos océanos el atlántico llamado mar Caribe y el pacífico.

La tierra de vicisitudes en toda su extensión, con 32 departamentos, 1123 municipios y una exótica mezcla de culturas y costumbres. Allí; en la zona occidental de esta belleza o llamado paraíso está el departamento del Chocó; donde la mayor concentración de afrodescendientes existe y donde sus habitantes, tienen el privilegio de tener un ecosistema único y recursos naturales sobreabundantes.

La región del pacifico colombiano, es considerada la más lluviosa del territorio del país. En una selva tal vez desconocida para muchos; mi despertar hacia el nuevo mundo tiene su origen.

Y es pues, en uno de sus tres ríos principales, en las montañas y las riveras del Baudó (que en lenguaje Noanamá, significa río de ir y venir), desemboca la quebrada o río Amporá; lugar donde empezó a formarse la historia de aquel inocente niño, quien el devenir del tiempo, le mostraría los niveles de madurez a alcanzar y las metas a lograr.

Pie de Pató, pequeño pueblo cabecera municipal del alto Baudó como municipio, en medio de su valle rodeado por la serranía de su nombre y donde según las estadísticas más del 44% de la población son iliteratas; me le di la jugadita al destino y me escapé de dicho porcentaje. De pie de Pató, la historia fue transferida a la región del Oro Verde " Urabá".

La región de las etnias y conflictos territoriales, donde el cuerpo y la sangre de los pequeños labriegos, ha servido de abono para los intereses de explotación y comercialización del tan apetecido banano, que se sirve en las mesas norteamericanas, europeas y que se yo. Qué más harán con su transformación en otras esferas del universo en su destino final.

¡Apartadó, "capital de Urabá" "Chilapos, Mestizos, costeños y chocoanos con su sudor, ¡te han hecho ser lo que eres" eso sí! Tu principal cultivo tiene mucho "potasio", sigue generando riquezas y controversias.

Desde el oro verde, a la fortificada ciudad de la "Eterna Primavera", el famoso "Valle del Aburra", la " Metrópoli", "Medallo" o simplemente "Medellín". La historia, continua su rumbo y volvió de nuevo, solo hasta la "puerta" de entrada, al oro verde; el Municipio de Mutatá". Rio de piedras" en lengua emberá-katio; "Cielo Roto" en el argot pueblerino; y desde aquel "pequeño pueblo e infierno grande", al país canadiense. Todo aquel peregrinaje, solo con una motivación: Encontrar la tan anhelada paz interior, la que no se adquiere a la vuelta de la esquina.

Nací de un amor bien evasivo, conflictivo y forzado de mis padres, con padre cimarrón y con madre mestiza; mi bisabuela por el lado de mi madre netamente indígena y un cruce de razas y culturas. Sin embargo, el tiempo me mostró, que con conflictos o sin ellos; con genes negros, indígenas y blancos; el amor es procreador y su resultado es capaz de reparar el odio y el rencor.

Es la verdadera paradoja, entre el amor y el odio, pero al final, el amor es más poderoso, aunque sea por una razón: "los hijos de por medio"; las parejas se declaran hasta la muerte y se prometen formar una familia; al final cuando la familia llega, se hace difícil sostener lo prometido; "parten las cobijas" cada uno en busca de su gloria y "al garete" quedará, la nueva vida. Por amor nací, y por amor estoy aquí".

Los tiempos de la niñez y parte de la adolescencia, fueron muy gratos y placenteros, nada de qué quejarme, solo maravillas de una vida libre y sin preocupaciones, porque los principios de la naturaleza nos acompañaban y nos decían en cada despertar, que nos proveería de todo, si nosotros aprendíamos a vivir en conformidad y en armonía con lo que ella nos ofrecía.

Recuerdo claramente, que aun mi padre usaba pampanilla (una pieza de tela que cubría solo sus testículos o llamado taparrabo), en ocasiones fortuitas, con calzado hecho del árbol llamado balso en forma de zapato y con lienzas de bejucos, para caracterizar unas sandalias.

Sacaba mi padre de cierto árbol, comúnmente conocido por los labriegos como Damagua (Poulsenia armata (Mi) su corteza y obtenía la fibra denominada tela de Damagua; árbol este de mucha abundancia, en la quebrada o río Amporá afluente al río Baudó.

Esta fibra se sometía posteriormente a un procedimiento de lavado, estiramiento y desmanchado, con la cual hacia un sin número de artículos como: sombreros para trabajar, bolsos y las sandalias, todos para uso laboral en el campo y como vestido cotidiano.

Ahora, los artesanos lo han convertido en un artículo útil para su economía y con su corteza o fibra, fabrican entre otros artículos creativos: flores, manteles y figuras de animales, que sirven de adorno, derivando de allí una economía informal, que ha hecho de su explotación un árbol en verdadera extinción. Mientras en la época de mi padre solo se usaba como una forma de subsistencia, dándole un verdadero valor de uso, ahora se le da más valor de cambio.

Yo recuerdo mi pequeño sombrero, no solo de Damagua sino también de iraca y Cabecinegro (El Cabecinegro es la flor de una planta silvestre, que se corta por la parte de abajo, la que está adherida al cogollo de la palma, y para trabajarlo hay que hacerle un proceso de lavado, estirado y planchado como la Damagua).

Yo era desde temprana edad, interesado en las cosas de los adultos, me gustaba volar bien alto, sin importar como estaba viviendo, en la realidad presente, sabia y llevaba en mi corazón la esperanza de ser lo que, en sueños, aquellos seres imaginarios me habían dicho: "volaras alto como las águilas y entre nosotros te confundirás, pues no te vemos por lo que eres ahora, sino por lo que serás entre los humanos".

Continúe explorando, todo a mi alrededor, me preguntaba, como las serpientes podían subir a los árboles aun sin tener patas o uñas, porqué los monos saltaban de árbol en árbol y como si no sintieran dolor y porqué los perros a pesar de sus amos pegarles muy duro, al llamarlos, no tienen rencor y vuelven moviendo su colita, así también, cuál sería la mejor manera de volar hasta las estrellas de aquellas noches del Amporá.

Así con todo este mundo de ignorancia atrevida, me fui adaptando al mundo que me rodeaba, caminando muy atento, escuchando y observando cómo la naturaleza y los humanos actuaban.

Fui aprendiendo, a usar bien la razón y esto ha sido una manera de vivir la vida sin prejuicios ni recelos, siempre con la frente en alto, observando a mí alrededor, meditando puramente y manteniendo mi espíritu en su más alto nivel. La razón me ha indicado que la felicidad no se logra sin darle la oportunidad, apartar el resentimiento, el odio y el rencor.

Por eso, miro hacia los cuatro puntos cardinales y aprecio, las bondades de un universo que a la verdad en ocasiones muchos le niegan su existencia y quieren destruir. Empezando por la destrucción del hombre por el hombre, en su afán de demostrar su poder y terminando con la naturaleza viva que les da la tierra, el agua y el oxígeno de supervivencia.

Esa misma conciencia, que a muchos pone cabizbajos cuando es examinada; pero que a otros les levanta el ánimo para seguir con paso firme adelante; es la que a mí me ha enseñado a valorar y a ser agradecido de todo cuanto pasa en mi vida, sea malo o sea bueno.

Por tal razón, cada mañana agradezco al creador por el milagro de darme la vida, la niñez, haber conocido personas de amable corazón y por la oportunidad de estar vivo. Conozco el camino de donde provengo, por lo tanto, no me perderé; pues se para dónde voy.

Y de mi visión acerca de la vida, ni que decir, sin desespero y sin afán alguno, vivo y disfruto cada segundo de existencia, pues cada segundo se torna interesante. Me preguntaba de pequeño, si cuando dormía estaría muerto; porque pasase lo que pasase, no sabía que pasaba, hasta el nuevo despertar, así que dormir o morir había sido lo mismo para mí y eso que a mi corta edad, muchas veces ya había muerto; ¡pero luego estaba vivo al amanecer, y a mí eso solo me bastaba! ¡Morir, por las noches y vivir por las mañanas!

En mi niñez había vivido con esperanza y no con temor; pues la vida no la definía por el temor de vivirla, sino por la esperanza de disfrutarla hasta su final desde la mañana hasta el atardecer. Cada momento de mis días me presionaban para alcanzar lo inalcanzable, lo deseado y no logrado, ese universo desenfrenado donde se confunde el despertar con el anochecer de la vida campesina; y donde yo ahora ya un hombre en formación empezaría a confundirme.

En aquel entonces, no podría haber distinguido la diferencia entre el "éxito y la fama"; pues las dos se conjugaban en la creciente del Baudó y el Amporá; pues los dos ríos eran exitosos por ser lo que eran; navegables, abundantes en recursos y suministradores de vida. A su vez eran famosos, porque a su paso sus corrientes traían la limpieza general de todas las quebradas que desembocaban en ellos.

Pero, para mí la palabra éxito y la fama"; tenían otro valor no el éxito material y la fama triunfalista del hombre natural, sino él y la que se consiguen con la libertad creadora, el éxito de Dios cuando me dio parte de él en mi formación genética; ¡permitiéndome ser como él y la fama que alberga el universo, la cual no sería motivo de alcanzar, porque a decir verdad! ¿Quién es más exitoso y famoso que Dios? Y yo me he creído parte de Dios; me creo exitoso y famoso.

Nadie estaría por encima de mí, eran y aun son mis íntimos pensamientos, pues para ello usaría de mis alas de aguilucho y desde la cúspide me lanzaría, me elevaría tan alto que me confundiría en el espacio sideral y el mundo solo me miraría como un sueño el cual puede ser real o incluso muy ilusorio. Nunca perdí mi tiempo pensando en lo que yo quería ser; siempre me preocupé por hacer las cosas en el presente para ser lo que soy, aunque en mi propio pensar.

¿Para aquella época volaba tan alto que de repente me sorprendí en mi deseo por alcanzar lo más infinito y me pregunté, si quizás el infinito tendría fin?; entonces remonté el vuelo. Mi corazón me azuzaba como el perro que azuzaba en cacería con mi padre de niño allá por los contornos de la selva chocoana el mismo que me sigue azuzando por lograr mi sueño despierto.

En realidad, ¡el perro azuzado lograba alcanzar su presa! Lo podía ver feliz moviendo su cola, bien entusiasmado quizás creyendo recibir su recompensa; más yo no lograba encontrar lo que buscaba porque no había objetivo en el infinito incierto, todo a pesar de ser real, se tornaba irreal.

Bien, me dije entonces, si quiero ser feliz, debo buscar la felicidad y esta podría encontrarla a mi alrededor externamente o en mi propio yo, y me lancé en su búsqueda; aun no me arrepiento de continuar buscándola. Por eso, así como las aguas de los ríos corren hacia abajo y nunca hacia arriba en contrariedad con la naturaleza; mi vida corre cada segundo sin mirar para atrás ni contranatural.

No me atormentan los errores propios o de los demás, y esto no lo hago como un desentendido idealista y soñador, si no como un personaje que vive en tierra; pero que no es de la tierra. No miro para atrás ni para coger impulso, pues por más que quisiera deshacer lo que ya fue no podría en mis intentos humanos; de tal manera que me aferré a la corriente de mis ríos el Baudó por ser tan grande y del Amporá, porque me vio nacer en su orilla y así traté de reencontrarme con mi origen.

Las corrientes de los dos me transportaron hasta el océano pacífico, en el caserío de Catrú, de donde pude divisar su inmensa majestuosidad y allí encontré sosiego, pues no lo pude medir ni aun en mis más íntimos pensamientos y las olas en Pizarro se hicieron más intensas.

Allá en las alturas, buscaba encontrar la esquiva paz de mi alma en aquel sueño que estuve, quería esconderme, salir de mi prisión; pero no lo podía lograr. ¡En mi contorno podía ver seres celestiales, dándome animo! ¡Motivándome, diciéndome! Perdónate a ti mismo, perdona tu pasado y cuando me detenía verdaderamente a pensarlo; sentía mucha tranquilidad y calma. Allí en aquella paz, más allá de las nubes, en el lugar escogido, no sentía la angustia de ver la injusticia social, la existencia del dolor y los temores se desvanecían, solo el amor prevalecía y lo era todo.

¡La felicidad volvía por poco tiempo, hasta que llegaba ese momento no deseado! Volver a despertar, aunque con los ojos abiertos y debería emprender el viaje de regreso a tierra firme a la realidad, mi propia realidad. Era pues cuando mi ser interior se negaba, se escurría y se escondía.

Corría de un lado a otro, un poco desesperado, buscaba guarida a como dé lugar en el infinito espacio; ¡pero mi realidad era otra! ¡Tenía que regresar a confrontar, la verdadera falacia de la vida! Y antes de emprender el viaje de regreso, echaba una mirada pasajera, hacia abajo a mi lugar de origen y podía ver, más injusticia que la que había dejado atrás, más desigualdad social, muchos temores y el odio se habían incrementado entre los hombres; no había tolerancia.

¡Ahí me sentía desecho! ¿Porqué tenía que volver a encontrarme nuevamente con tanta maldad? pero el amor que había en mí, aquel que me habían enseñado a tenerme a mí mismo en ese corto tiempo de estancia allá en lo alto, me motivó a que lo repartiera, lo compartiera con los malosos y así fue; volví insatisfecho a compartir amor en medio del dolor y el odio.

Pero volando, llegó el grave tiempo de lanzarme hacia abajo, como el águila cuando ve su presa y tiene calculado su objetivo. Debo volver, debo volver, me decía a mí mismo, con esperanza y pesar al mismo tiempo, porque volví a ver a mi madre sosteniéndome en sus tiernos y calurosos brazos cuando aún era niño.

Me tenía bien apegado a su pecho!, usándome como escudo humano, para evitar la arremetida de mi padre, el cual, con machete en mano, cortaba las puntas del toldillo, buscándola, para darle el mal llamado "planazo"; aquel castigo que los hombres de la época, usaban para demostrar su infame gallardía con las que llamaban "vaso flaco" “la mujer, la esposa, la amiga, la que tenía que guardarle la comida bien caliente, la ropa limpia almidonada nada más y nada menos que con almidón de yuca y bien planchada.

Aquella mujer, que le había declarado su amor, al permitir crecer en su vientre a una nueva creatura; si, la misma, que no tenía las mismas fuerzas para defenderse y que por miedo, hacia todo lo que dijera o quisiera y era como una orden.

¡Ella en su desespero, gritaba! ¡Por favor no me vaya a pegar!, ¡no nos vaya a hacer daño!, ¡usted verá si también golpea a su hijo o le hace algo malo!

Mientras, yo Allí pegado también a su cuello, lloraba y gemía brotando lágrimas de inocencia, sin saber que estaba pasando, pues aún estaba entre dormido y despierto, a la luz de aquel mundo hostil en que me levantaba. Llegué a preguntarme, ¿que había hecho mi madre tan mal que mi padre, desearía ultrajarla? ¿Por qué cuando llegaba borracho, la emprendía contra ella? y ¿por qué ella aún seguía viviendo con alguien que no la apreciaba? pero la verdad es que todo esto eran repetitivos sueños de la realidad vivida, mi subconsciente ya se había traumatizado de la violencia familiar.

A la mañana siguiente; la tormenta se hacía calma, la "Juma" pasaba, los rencores se apagaban y todo volvía a la normalidad; sin embargo, el miedo estaba presente en mi madre, yo lo podía notar en sus acciones y en su manera de hablarle y sus tiernos ojos no me mentían, pues yo podía ver claramente en ella a una mujer desesperada.

También pude ver desde allí de las alturas, nuevamente como era de difícil, poder amar con odio y con temor; ese era el estilo de mi madre; creo que ella sentía estas dos combinaciones hacia mi padre; pero yo me encontraba en medio de los dos en una mezcla poco harmoniosa; ¡así que nuevamente le dije a los seres que me rodeaban! ¿Por qué no me dejan quedarme con ustedes y disfrutar esta infinita paz y de su amor?

¡Yo no quiero volver!, ¡luego respondieron al unísono! ¡Usted se tiene que ir porque tiene una misión para cumplir! ¡Comparta, lo que le hemos dado, lo que ha visto de nosotros en este corto tiempo que le hemos permitido! ¡Vaya! ¡Dele amor a su madre, a su padre y los que se encuentre en su camino, muéstreles que aún hay algo, en los seres humanos, que nunca dejara de ser! ¡El amor y la convivencia pacífica!

¡Con angustia, partí! ¡Como un relámpago, volví, totalmente transformado! ¡Pero aún no pude en aquella época poner en práctica, lo que se llamaba amor, porque el ángel que fui, mientras estaba entre los Ángeles, no quiso iniciar el trabajo encomendado, porque había demasiada maldad en aquel globo que se llama tierra y no pude hacerlo en ese tiempo de mi niñez!

Ya en tierra me convertí en un ser como todo hombre en la terrícola latitud; pero sentía que tenía la esencia genética divina, así que parte de mí se inclinaba por la venganza como aliciente de revancha entre humanos y la otra parte de mi actuaba con el deseo del perdón, la paz y la armonía creadora.

Desde mi óptica de niño, me cuestioné acerca del amor y el odio y pude encontrar que a pesar de ser opuestos y de que el uno quiere estar por encima del otro, aún tienen que andar y hasta dormir juntitos y hay ocasiones en que se pelean para opacarse mutuamente; pero uno de los dos es vencido.

Muchas veces, el odio se sale con la suya y tira por tierra al amor, lo maltrata, lo decepciona y quiere hasta dominarlo de muerte; pero el amor con sus últimos suspiros revive, se llena de energía y vuelve a ser lo que es: compasivo, entendible y olvidadizo y por encima de cualquier desdén y ultraje, se limpia y se viste de gala en aquellos que no lo aprecian.

¡Cuando se tiene de por medio, una nueva vida inocente que no sabe la razón por la cual fue traído a este mundo lleno de vicisitudes aun el amor se vuelve más benigno! En mi vida y en la vida de mi madre, el amor salió siendo el vencedor; se olvidó de la crueldad, del maltrato y creció raíces en un suelo infértil, allí pudo ver levantar, la semilla de amor en medio del odio siendo ahora un pequeño árbol cuyos frutos de seguro, serán de mucho alimento motivacional con el cual el mundo se contagiará.

Me enseñé a mí mismo como practicar amor en medio de la soledad, el odio y el rencor. En mi niñez, comprendí y aprendí del amor de los amores de mi padre; de ese amor del hombre mujeriego, que a la vez no lo es, si no falacia, engaño e infortunio, del llamado amor de aquella mujer que llevó mi padre a vivir con mi madre en la misma casa; "Anai", por más de tres años, del amor compartido.

Mi madre quizás por el hecho de ser casada y haberme dado vida, no quería dejarle el espacio a "Anai" y mejor decidió compartir el amor que sentía y las dos pudieron disfrutar su poco encanto; para las dos era su única esperanza allá en lo remoto de la sociedad, en la entrada a la derecha de la quebrada o río Amporá, en la selva baudoceña.

La verdad era que fue un amor cooperativo, porque como mi madre, jocosamente sonriente y con rencor en sus palabras, me ha contado después de los años: Hijo, cuando las dos nos íbamos a desyerbar el arroz al campo, "Anai", te ataba a su espalda; o lo que denominaban " apar", "te apaba" en su espalda, me replicaba y en ocasiones te metía en el "catabre" un tejido de iraca con semejanza de canasto.

Luego, te dejaba solo la cabeza afuera y así te cuidaba y te daba el biberón. Biberón que, según mi madre, lo preparaba mi "Mama Digna" cuando secaba uno o varios plátanos verdes al sol y estando bien tostados los trituraba con dos piedras (pues no se conocían los molinos) hasta dejarlos en polvo el que al mezclarlo con agua semejaba a la leche". Este era mi alimento preferido. Así mismo cuando mi madre lavaba la ropa en el río, aquella mujer me cuidada por igual.

Bueno, eso fue lo que mi madre me contó de lo que a ella le tocó vivir; en un estado de humillación de ser esposa con todas las bendiciones sacerdotales a vivir en compañía de una extraña; con la cual tenían que ponerse de acuerdo en quien dormiría con mi padre aquella noche silvestre en la casa de tambo cerca a la rivera del Amporá.

Pero, de igual manera, le correspondió seguir dando amor en medio del desespero de los celos, el rencor y el odio hacia mi padre; de lo cual creo que yo saqué la mejor parte, puesto que recibí mucho amor combinado de dos mujeres, mi madrastra y mi madre. Creo que, en mi subconsciente, recuerdo, aquella hamaca tejida de iraca, donde según mi madre, mi padre me acostaba mientras trabajaban en la siembra del arroz.

Dejaba mi madre la macana a un lado, para darme de su pecho; se sentaba cerca de la hamaca colgada en dos horquetas en el campo de trabajo, cubiertas con varios trapos, para evitar las picaduras de los moscos en mi tierno cuerpo...así fueron mis primeros días en Amporá que hasta hoy recuerdo.

Sin embargo, allí no se queda todo; más amor llegó a mi vida cuando succionaba del pecho de mi abuela materna, la viejita apreciada, bendecida y recordada; "Peregrina Arias". Sus pechos me alimentaron una y otra vez y según "Pelele" me contaba, que a veces me peleaba con mi tía "Pepe", (quien había nacido también el día 30 de agosto de 1959) por alcanzar el pezón izquierdo, el cual me gustaba mucho succionar.

En forma muy burlesca mi abuelita me contaba, que mientras mi madre estaba en sus oficios, ella me ponía en su brazo izquierdo y a mi tía pepe en el derecho, allí los dos chupábamos "teta" hasta que ella lo decidiera y luego a dormir. Por mi lado, ahora ya tenía el amor de tres mujeres desde muy temprana edad y eso, solo en mi primer año de vida. Sin embargo, después vino el amor de una cuarta mujer; el de mi mama "Digna", la segunda esposa de mi Abuelo "Hernán", la cual se daba de sí misma por brindarme del amor y el cariño que faltase, cuando mi madre se ausentaba por causa de trabajo.

Así, rodeado del amor de cuatro mujeres, me fui levantando y creo que adquirí de todas cuatro las transmisiones de paz en medio de la tormenta a su vez se me introdujo en mi ser el carácter de las cuatro.

Mientras el mundo adulto se debatía en zozobras, mi mundo infantil se fortalecía en sabiduría natural, así mi mente podía remontarse bien alto, donde nadie en su imaginación cavilaría de que podría llegar; pero en medio de toda resistencia a la realidad de mi vida, aprendí a vivir como huérfano y con padres, como preso y en libertad y como adulto aun siendo niño. Esta fue mi mejor salida, para dirigirme a mi propio destino; el plan que diseñé con mis vivencias.

Mi corazón todavía no lo ha dicho todo acerca del amor y el odio, ya que sería la extensión del diccionario en la profundidad del pensamiento. A pesar de todo, con o sin ellos, mi vida ha seguido igual, porque hasta ahora ninguno me ha vencido. Pero si se ha revelado ese órgano vital en mis adentros y por eso en ocasiones me han acontecido grandes tropezones con caídas fuertes; las cuales llegaron cuando menos las esperaba. Esas mismas me ayudaron a estar vigilante y a pisar seguro y en tierra firme no mirando donde caí; pero si donde me levanté.

La necedad de mi propio intelecto de hombre joven, en la región Bananera de Urabá, me llevó a esquivar en ocasiones excelentes objetivos en la vida, a buscar y cazar peleas donde no me habían llamado y a ganarme de bofetones y patadas sin necesidad alguna; solo por la convicción de ser y sentirme aquel que podría defender a aquellos débiles que estaban siendo maltratados. En cierta ocasión hasta me topé con la señora muerte, quien se hizo como la de la vista gorda, pasó cercana a mí y se fue para quien estaba a mi lado; quien sabe porque me desprecio, si en ultimas yo la estaba buscando.

En mi propia rebeldía social, con sigo mismo y hasta con el universo me comprometí con muchos sinsabores, las idas y venidas en la edad infantil y de joven con mente de adulto me hicieron ser así; creía que al hacer un bien me pagarían con bien; pero era lo contrario, encontraba un mal y sin saber por qué razón.

Esto me molestaba mucho, pues no sabía que había dentro de mí, que, por ser tan buena gente, abusaban de mi bondad. Por lo que me fui en rebeldía contra la sociedad colombiana y contra el universo mismo; sin embargo, las fuerzas del cosmos me dieron energía suficiente para no comprometer mi intelecto con vanidades de la vida y hasta llegué a pensar que siendo malo, me iría mejor, pues según mi punto de vista en aquellos tiempos a los buenos, y de corazón abierto a la bondad les iba como a "perro en misa"; los pateaban de un lado a otro y los malos solo se reían de su infortunio, y esto pasaba con migo.

Entonces, me dediqué por completo a dejar hacer, dejar pasar y para donde va Vicente, para dónde va la gente. Pero, esto solo fue por poco tiempo, pues no era de personas como yo, resignarme a mi destino y tirarme a merced de las olas.

Al contrario, el Baudó y el Amporá con sus corrientes, me habían enseñado a luchar con tesón, hasta lograr la otra orilla sin descanso.

En el final del sendero, montañoso y pantanoso de cada camino recorrido, lo que me ha enseñado a ser lo que soy, es mi fuerte deseo por ser feliz y la forma como he diseñado el mapa de mi felicidad: vivir con sabiduría, decencia y coraje. Nadie podría convencerme ni aun yo mismo por las adversidades presentadas; la negligencia de la sociedad y los golpes bajos del universo de que debería privarme de creer en mi mente y con mis propias acciones de que yo podría salir adelante y ser buena persona; ¡pero lo que se dice bueno!, no bueno a medias!

No lo hacía, como soñador empedernido o constructor de castillos en el aire, si no como un sueño real, a pesar de ser imaginario. Pues, todo lo que he hecho en mi devenir ha sido entregarme con sinceridad a este disfrazado mundo antagónico. ¡La convivencia con los demás, mis esfuerzos por ver bien a los que estuviesen a mi alrededor, de compartir, no solo lo material, si no lo que llevo por dentro! Ese corazón, bien repleto de amor, que se me quiere salir del pecho y que los que no saben su significado lo han tirado; ha sido mi mayor debilidad y mi desconsuelo al mismo tiempo.

El coraje para aumentar mi visión, desde una negativa posición, mirando en mi subconsciente, las cosas que fueron irreales me hicieron sentir el realismo de lo desconocido, así que cuando lo irreal pasaba, no era sorpresa para mí, porque aprendí a vivir el futuro desconocido, como si fuera el presente instantáneo.

Una cosa que me mantuvo el espíritu vivo fue la benevolencia de la vida y mi capacidad de camuflarme en ese gran mundo de argumentos dispendiosos, el cual esperaba más y más de mí.

Así que para sobrevivir en este planeta llamado tierra, he tenido que lograr y finalizar todos mis deseos buenos o malos. He dado, de lo mejor como persona a cambio de mi propia existencia; incluso, siendo esta una falacia, un sueño. En momentos de desesperación, reaccionaba con paciencia y en momentos de felicidad, era dicharachero alcanzando un potencial tan alto, como si fuera el ultimo a vivir; porque en Urabá aprendí incluso a comparar cada día con el espejismo de una mañana inconclusa e inerte.

Un poco después, me dediqué a reflexionar entre el día y la oscuridad y en sus intentos por conocer sus opiniones, las puse a debatir. La oscuridad, me dijo repentinamente que ella no tenía nada en contra del día; pero se sentía muy molesta por la forma como este trataba a los seres humanos e incluso a los animales.

Me hizo saber, que lo que más le sorprendía era como el día por sentirse majestuoso en claridad, se sentía superior a ella y quería opacar sus méritos en toda la naturaleza; queriendo de por si dominar el universo. Sentía dominio de superioridad ante la noche, a su vez queriendo ofrecer más de lo que tenía a los seres vivientes.

Finalmente, también me manifestó su preocupación, acerca de cómo el día a embaucado a los hombres al usar su tiempo, para sobrepasarse en sus actividades; lo cual les afectaría más tarde su descanso nocturno. La falta de descanso, al caer la noche los conduce a la locura y desvarío emocional arruinando la felicidad de creación. ¡En su discurso final la noche, me dijo! Lo que más me duele es que el día me trata con desprecio, porque cree que soy estúpida, ignorante y perezosa.

Y después de todo lo que oscuridad, me contó del día, no tuve palabras para preguntarle a este nada; solo me limité a observarlo más de cerca y a escudriñar su comportamiento. Aprendí de 'el de que, aunque es majestuoso, no es tan especial, puesto que con él en sus doce horas trae consigo: la destrucción, el desespero y el odio entre los hombres; pues sus mentes no descansan.

La verdad, es que ha habido un verdadero debatir en mi mente acerca de lo oscuro y lo claro, pues se le atribuye, lo negativo a lo oscuro y lo positivo a lo claro, y esto es un engaño más de los juegos y conversaciones de la mente humana. Así mismo he observado el comportamiento de las razas mayoritarias de mi tierra; se creen ser día; pero pueden ser noche.

Tuve que hacer un gran esfuerzo, para saber usar bien mi razonamiento y quedarme con lo positivo si quería seguir los latidos de mi corazón; en ocasiones, hube que forzar el pensamiento para cambiar; es decir cambiar mi vieja manera de ver mi propia vida y buscar evolución.

Aprendí a ser paciente, de acuerdo a los principios naturales del campo. La lluvia empieza y termina silenciosa, sin que nadie la reprenda ni le ponga límites, a veces para bien y a veces para mal; el sol sale y se oculta y ese si tiene las horas contadas, el viento sopla tan apacible o tan fuerte, que lo puedo disfrutar o me puede arrastrar; pero no puedo detenerlo, solo debo aprender a sentirlo con paciencia.

El grano de maíz, de arroz y la semilla de tomates, fueron las oportunidades para mí de aprender a ser perseverante. Echarlos a la tierra, verlos cada día por la mañana germinar, ayudarlos a desenvolverse como plantas y recibir la cosecha.

Cuando ya fui casi un verdadero joven, me quedaron los principios de una enseñanza, que en las escuelas no pude aprender en teoría; sino en repetirlas cada día al unísono con mi entorno.

Cuando la adversidad llegó a mi vida, pensé que era el final de mis sueños, mis esperanzas y oportunidades en este abierto e insostenible mundo; pero soporté los atributos de mi medio y decidí engañar al tiempo con cabeza fría, mirando con detenimiento cada movimiento, cada diligencia, incluyendo los cambios en mi propia anatomía, la lluvia y el sol, la noche y el día, el calor y el frío y porque no mencionar las centellas y los rayos destructores de aquellos medio día allá por la serranía.

2

LAS HISTORIAS DEL PASADO DE MIS PADRES ASEGURARON MI FUTURA HISTORIA

En mi mundo Campeche, observé, que los valores son medidos por la fertilidad de la tierra, los árboles frutales, las aguas que la riegan y el amor a un nuevo despertar lleno de esperanza y resignación. Este valor no es el mismo que aquel que se mide solo por cuánto dinero se tiene debajo del colchón y ahora para el nuevo mundo en una cuenta bancaria. De mi padre heredé el trabajo duro, para sobrevivir cada día y de mi madre, la perseverancia de ver en ella a una mujer de hogar sumisa para su hombre.

He procurado siempre estar solo conmigo internamente, pensando en lo que seré y lograré y en momentos donde el universo, no me muestra una verdadera explicación; me interno en mi propia razón de existencia, ser lo que soy por fuera, porque lo de adentro solo está con Dios y conmigo.

Tengo un cheque, que he querido hacer efectivo, desde que la razón llego a mi intelecto; el destino aun no me ha permitido cambiarlo ni yo lo he intentado hacer a viva voz. Creo que buscaré cambiarlo, cuando en la sociedad colombiana, se cambie la injusticia por justicia, la guerra por la paz, el odio por amor y el racismo por igualdad.

Ahora creo que moriré, con mi cheque y aun sin ver su verdadero valor; puesto que mientras existan las clases sociales, y el dominio del hombre por el hombre, siempre tendremos desigualdad; odio, rencor y opresión. ¡Sin embargo! ¡Espera Lucho! ¡Aun te queda un poco de tiempo para verlo efectivo! ¡Tu libertad de conciencia! ¡Eso es… tu libertad de conciencia allí está la clave para el cambio!

Allá por la época de la violencia en Colombia, cuando los liberales y conservadores, llamados los Godos, se mataban, por el solo hecho de gritar "Viva el partido Liberal" o "Viva el partido conservador", la , violencia de los años 50's, un hombre campesino de raza blanca, en cuya sangre llevaba el aliciente político de conservadores hasta la muerte; apareció por los lados del río Baudó en el departamento del Chocó con su familia, vendiendo perros de caza, queso y otras revolturas a los nativos indígenas y negros chocoanos patoseños.

Entre viaje y viaje y haciendo trueques decidieron establecerse en el Baudó, creando una gran familia; de los cuales uno de sus hijos menores, se juntaría con una mujer de la región y tendrían varias hijas y un varón, una de las hijas le perteneció a mi padre.

A mi atrevido padre, lo buscaba aquel hombre campesino para dispararle con su escopeta de dos cañones, por varias razones: 1) por su osadía de robársele la hija, 2) porque con mucho esfuerzo había dado estudio a sus hijas en la capital chocoana (Quibdó), para que ahora este iletrado negro campesino se la fuera a llevar, así como así!

Cuenta mi madre, que una de esas noches, llegó el "gavilán nocturno"; Servando y la sedujo con sus palabras de amor, después de un escondido noviazgo y se embarcaron en la canoa construida por él; rio abajo se fueron en su "champa" y así se la llevó en una noche de luna nueva, con un cielo estrellado y con el sonido profundo de los animales nocturnos silvestres, que por las noches salían de casería.

Entre ellos, los cusumbos solos (Cusumbi), la zorra roba gallinas y porque no decir de uno u otro mono que irrumpía el silencio silvestre.

Pero, mi padre, era un negro de mucha astucia, en el campo del amor y usando de su astucia seductora, se perdieron rio abajo ¡Eso, si! El viejo campesino, los buscó por cielo y tierra hasta encontrarlos y después de tres días de penosa búsqueda; inmediatamente; queriéndolo ellos o no, decidió llevarlos al caserío de Catrú, donde estaba el internado de los curas Jesuitas misioneros, (quienes se caracterizaban por oficiar las misas en Latín habiendo sido mi madre una de las del coro) y allí con las sagradas escrituras de testigo juraron el uno al otro Servando Rentería Arias y Lilian Belén Cañola amarse para siempre hasta que la muerte los separase; o la otra o el otro lo pudiera hacer; reconociendo que el adulterio, es el pan de cada día en nuestra cultura.

Ahora, ella sería llamada la señora de Rentería, apellido que aun lleva quiéralo o no hasta que ella lo determine. Por allá a finales de la década del cincuenta, exactamente, faltando solo cuatro meses y un día, acababa de tener un hijo Varón, siendo la selva testigo de su nacimiento. En los brazos de una partera de nombre " María Asprilla", a orillas del rio Amporá, en lo profundo de la montaña baudoseña; las aves y animales, escucharon llorar a la nueva creatura por primera vez.

¡María Asprilla, me recibió y les dijo a mis padres, un niño varón les ha nacido! ¡Según me dijo mi madre, mi padre se puso muy feliz! Y bueno todo el resto de la familia, los tíos contentos de tener su primer sobrino y mi tía peregrinita mucho más.

"Peregrinita", la cual nunca conocí; cuenta mi madre que el novio de nombre Arístides la mataría de un machetazo en la sien, cuando ella lo escuchaba hablar y dizque acercó su cabeza para escuchar lo que decía; este tratando de asustarla, tiro con el machete que sostenía en su mano con el objetivo de espantarla y el machete según él se le volteo y le dio del lado de filo.

Producto de un amor descoordinado, entre una mestiza y un negro de pura "cepa" comenzó el idilio formativo de una familia campestre. Con los cultivos de arroz, plátano y maíz que eran las tareas diarias, a sol y agua se la jugaban mis padres para subsistir las cruentas prioridades de finales de los años 50 y comienzo de los sesenta.

El comercio por el río Baudó y sus caseríos, no era el más benigno para los labriegos; tenían que llevar sus cargas en bultos de arroz, plátano y maíz a vender a Buenaventura; travesía que les era costosa y de varios días de navegación bordeando la costa pacífica y desafiando las aguas del litoral del sur de Colombia, el cual no tenía nada de pacífico, pues era y lo es muy tormentoso.

Me contaba mi madre que allá por los años 50s, viajaban desde Urrao Antioquia, hasta el Chocó por camino de herradura, llegaban a un paraje llamado "Bocas de Habita", hasta Citará, nombre antiguo de la capital chocoana, que ahora se llama Quibdó, puesto que la vía carreteable hasta el chocó, apenas se estaba construyendo.

Desde Citará, viajaban en canoas, atravesando el río Atrato hasta llegar a la desembocadura del Río Pató, en cuyo trayecto navegaban río arriba por cerca de 3-4 días con palancas y canaletes y contra la corriente, llegando hasta el paraje denominado el pie del Camino, allí quizás amanecían y tomaban nuevas fuerzas, para emprender el viaje a pie por un camino pantanoso en la serranía del Baudó hasta su cima y luego bajar hasta la planicie donde estaba y aún existe allá a lo lejos de la civilización un pueblo llamado Pie de Pató, a orillas del río Baudó.

En esa época tan grave por la violencia de los liberales contra los conservadores, mi abuelo Hernán Cañola, criaba a su hijo e hijas en un ambiente campesino y de temor en el Baudó y cuenta mi madre que siendo ella de unos 8 años y en pleno apogeo de la violencia, bajaban muchos muertos por el río Pató y en una noche cualquiera un liberal amigo de mi abuelo de nombre Laureano Palacio bajó por el río en su canoa, gritándole:

AMIGOOO, AMIGOOO, AMIGOO. Coja sus hijitos y su mujer y huya, porque vienen los guerrilleros liberales a matarlo. Corra, Porque ya acaban de matar a su sobrino Pacho Andrade y ya vienen por usted. En aquel momento, en horas de la madrugada, mi abuelo hizo levantar a sus hijos y esposa, los embarcó en la canoa, y los llevó en un viaje del resto de la noche, al caserío de Catrú, donde estaban los curas.

¡Y continua mi madre con su relato!, al llegar allá, ya había muchos desplazados que venían huyendo encontrando refugios con los curas y el padre de apellido Betancur, los recibió en el internado, los ayudó a organizarse igual que a los otros desplazados que ya tenía y se fue hacia el pueblo de Istmina a pedir ayuda.

De Istmina, regresó con muchas, armas de fuego, entre ellas escopetas y fusiles, las cuales se las dio a los hombres, les dio uniformes camuflados, les enseñó su manejo, se quitó la sotana, se puso su ropa de combate y cogió también su fusil, e hicieron barricadas y cuevas en tierra seca y el mismo cura Betancur, se turnaba en la vigilancia de noche con su fusil al lado al igual que los otros hombres.

Mi madre, me hizo saber, que el padre Betancur era muy valiente y les decía a los hombres que si los atacaban los "Chusmeros" liberales ellos tenían que responder al combate y los instruía en cómo defenderse. Les llamaban "chusmeros" a los que ahora se llaman guerrilleros en Colombia.

En esas historias de la violencia contadas por mi madre, me decía que dicho padre Betancur a las 7:00 a.m ofrecía la misa para las mujeres y los niños; a las 12:00 del día daba otra misa y a las 5:00 p.m oficiaba la última. Luego, todo el mundo especialmente las mujeres, los niños y los ancianos se tenían que proteger en los sitios del internado y a las 6:00 p.m los hombres a coger las armas y ponerse en guardia.

La parroquia de Istmina les enviaba provisiones y armas para defenderse de la "chusma", mi abuelo Hernán era de confianza de Betancur y siempre guardiaban por las noches juntos al igual que con los otros cañolas desplazados. Este padre, dirigió la organización de los desplazados, alrededor del caserío de Catrú. Les enseñó estrategias de combate, y como prepararse para cada guardia nocturna. Fue el ideólogo para la protección de su comunidad, gracias a él; la guerrilla liberal, no masacró a todos los cañolas conservadoras y otros miembros de la comunidad pertenecientes al mismo partido.

Los chusmeros, según cuenta mi madre, llegaron al otro lado del río, desde donde buscaron como pasar a atacar a los desplazados conservadores; pero como no encontraron canoas, puesto que ya el padre Betancur las había traspuesto de lado, solo se armó el tropel disparándose desde cada lado del río, hasta que no pudiendo hacerse nada mejor decidieron irse, sin hacerles daño a los refugiados conservadores.

¡En esa época, los chusmeros liberales llamaban a los conservadores, "Chuanes" porque el chuan, según los cazadores es un animal silvestre que corre mucho y huele muy mal! Queriéndoles decir correlones y mal olientes a los conservadores como insulto.

Es digno resaltar, que en Colombia también existió Camilo Torres el popular "cura guerrillero", quien inconforme con el aparato estatal colombiano y de tanto ver la injusticia social de mi país, optó por predicar con el fusil en vez de predicar el evangelio de salvación de las almas al cual Dios lo había escogido.

Me llama la atención, de que mi madre me hacía referencia a esta situación de su vida, para que yo empezara a entender que a veces el hombre debe aprender a tomar decisiones sin importar el rango o la calificación social.

Con este ejemplo y anécdota vivida por mi madre, me di cuenta que debía saber distinguir cuando se debe actuar y cuando se debe esperar por las manifestaciones divinas, porque en mi manera de pensar, yo creía que el sacerdocio solo era usado para la conversión atreves de la evangelización de las almas y al llegar todos los desplazados, entrarían a orar y pedirle a Dios por su protección; pero según dice mi madre ocurrió lo contrario, el padre Betancur se llenó de valor y empuño las armas para defenderse y defender a los desfavorecidos.

Esta historia, fue una gran enseñanza para el resto de mis días, en cuanto al crecimiento de mi fe, puesto que me ha enseñado a vivir agradecido con el creador y haciendo esfuerzos para levantarme cuando tropiezo con mi propia determinación.

Preguntándole a mi madre, acerca de mis familiares, me decía, que, en la época de la violencia política, hubo tanta persecución a los cañolas, que muchos fueron asesinados solo por ser conservadores o Godos y que era lastimoso que no los hubiera conocido; ¡pero bueno! Esa es la historia, pues conociéndolos o no mi vida no cambiaría y la edad que tenía tampoco era ese mi interés.

Al crecer, me di cuenta de que había un grande distanciamiento entre las clases sociales de mi país; mejor dicho, la misma sociedad colombiana y su política tradicional había despertado el odio entre azules y rojos, en representación del color de cada partido político.

Todas esas historias de mi madre, las cuales yo escuchaba muy atento, para así poder determinar mi propia historia me daban el aliciente y el punto de partida emocional en la búsqueda perpetua de mí propio yo.

Asi, entonces, continuaba mi madre diciendo: que sus estudios los realizó en un convento de las monjas pulcras en el convento y escuela de nombre " La presentación" de Quibdó donde no aceptaban niñas estudiantes negras; lo cual corrobore después con un informe del periódico chocoano Quibdó 7 días en su edición No 32, cuando doña Libia Abadía de Valencia; quien se acercaba a un siglo de edad, fue entrevistada y expresó lo que aconteció en esos tiempos, corroborando así lo que mi madre me dijo.

Como podemos ver, la discriminación racial, ya no era solo de mi abuelo hacia mi padre, sino de la misma iglesia católica con su institución elitista y racista manejada por las monjas pulcras de la época y con esto, que estaba en un papel de evangelización.

Sin embargo, la historia del racismo colombiano, no solo se remontaba a las esferas del pueblo como tal sino a las esferas religiosas.

Bien, ¡Entonces, le pregunté! Y porque a usted la recibieron con su hermana (mi tía); y aún fue más sorprendente para mí cuando me dijo; porque el padre de nombre "Misael Orjuela" era quien manejaba la escuela o el convento y estimaba mucho a la familia Cañola por ser de descendencia Antioqueña y por ser blancos tenían más oportunidad; además el gobernador del Chocó de aquella época era pariente de mi abuela; su madre; por eso las recibieron.

¡Qué desgracia y que discriminación! En la época de mi madre no era posible, que una mujer en embarazo pudiera salir adelante en sus estudios, porque a ella y a las otras estudiantes de ese convento, al regresar de vacaciones, las examinaba el médico, el doctor de apellido " Escamilla".

Es decir, este era contratado por la parroquia, y determinaba si aún eran vírgenes o no y si alguna había tenido algún contacto íntimo, la despedían de sus estudios.

Todo lo que mi madre me comunicaba, lo guardaba en mi memoria, como estímulo; para algún día, recordar de dónde provenía y así darle palmadas al orgullo, si por si acaso se quisiera introducir en mi existencia tratando de negar mi origen y como si fuera poco, en mi niñez le dije a la esperanza, que se apartara de mi si venía en son de desánimo; pero que se quedara conmigo si venía a motivarme.

Fue así entonces, como en medio de mi pelea, por surgir de allá del barro, tuve que conocer primero el pantano pegajoso del camino en la serranía del Baudó, por donde caminaron y trajinaron mis padres, conocer de sus osadías, de sus desconciertos, y de sus anhelos; para poder soportarme a mí mismo, sin rencores, sin odios y sin falta de perdón por su corto abandono y por dejarme solo en alta mar, navegando en contra de las olas, en contra del desprecio por el hecho de ser negro, e hijo de una mulata y un cimarrón.

Después de dominar el orgullo, de abofetear al desprecio y de saber de mis orígenes; ¡levanté la cabeza! ¡Miré hacia el horizonte! Y pude ver que no tenía límites y me introduje en él; ¡me dije a mismo! ¡Piérdete! Pero recuerda siempre, depende de ti, Lucho, el que seas vencedor o vencido.

Con esta motivación, empecé a formar mi fortuna; no aquella que depende de lo material, sino aquella que viene del infinito y que se encuentra en el universo, la fortuna de la paz interior, la fortuna del amor profundo a mí mismo y de compartirlo, la fortuna del ser feliz, sin importar las circunstancias y los infortunios pasados.

Mis ascendientes, pertenecieron a las familias humildes de todo el departamento del Chocó, mi padre un noble, trabajador del campo, el cual con sus insuperables esfuerzos traía algo de comer a casa. Mi madre en ocasiones ayudaba al trabajo diario en el campo, además de cumplir sus deberes como ama de casa; desde su juventud luchó por los partidos políticos y llegó a ser nombrada delegada de la registraduría además de ser maestra en la escuela del pueblo.

Mi abuelo paterno, en parte de mi niñez, me tomó a su cargo, debido a las funciones de mi madre y del viaje sorpresivo de mi padre a la región de Urabá. En estos tiempos tenía unos 5 años; pero todo esto influyó en mi vida para hacerme más fuerte.

Pero, a decir verdad y con todos los defectos de ser humano; hombres como mi padre no nacen todos los días y eso no es por los dones y aspiraciones que en vida tuvo; pero si el coraje para enfrentar las dificultades de la época.

Teniendo en cuenta, que el problema de las razas se remonta al siglo XVIII, donde la economía de la Nueva Granada era impensable sin el concurso de los negros. Sobre sus hombros reposó el desarrollo de la minería, agricultura, ganadería, artesanía, comercio, trabajo doméstico y extracción de perlas en el Caribe (Jaramillo Uribe 1963). Por su parte, durante 350 años le dieron vida al comercio, bogando champanes por el Río Grande de la Magdalena y otras arterias (Friedman y Arocha 1986:177).

La generación ancestral de mi padre, a duras penas pudo sobrevivir todo el andamiaje de este arduo trabajo para lograr tener familia y expandirse.

Los Renterias, al huir de las fincas de sus amos, al igual que todos los afrodescendientes chocoanos tuvieron que escaparse selva adentro donde les era difícil a los españoles localizarlos. Mi padre y mis ancestros no llegaron por el azar a la región del andén pacifico colombiano, específicamente al Chocó; pues la existencia del oro y el platino, en dichas regiones fueron los incentivos apreciados para la economía de aquellos periodos históricos coloniales y los españoles ya sabían de tal riqueza.

De igual manera, este apellido Rentería tiene su origen en los amos españoles, que con su poder abusaron sexualmente a las esclavas y así dejaron la muestra imborrable con sus apellidos de una época marcada de horror hacia los negros e indígenas colombianos.

Para el año 1825, y con la sublevación del cantón del San Juan, el cual cobijó a la parroquia del Baudó; muchos esclavos huyeron construyendo palenques (territorios negros construidos como consecuencias de la huida por el maltrato de los amos y para defenderse como un fuerte de guerra y combate), los Renterias se dispersaron entre las poblaciones de las Animas y Managrú, Taridó, Cértegui, donde existían quebradas y ríos cercanos. En las historias contadas por mi padre acerca de sus ancestros, me decía que nunca me fuera a sentir mal si algún día me llamarían "Negro Cimarrón", pues este era símbolo de orgullo de la lucha por la libertad ancestral y el reencuentro cultural de nuestra raza.

El árbol genealógico de mi familia, por parte de mi padre no era el mejor; o al menos los que yo había conocido, algunos no eran " perita en dulce". Sin embargo, mi respeto y apreciación por todos mis familiares " los Renterias" ha sido de admirar y cabalgan por mi sangre con amor y comprensión; pues yo entendí que la nobleza de mi gente pulcra fue corrompida por la persecución y el odio hacia las razas más desfavorecidas; especialmente los afro colonizadores chocoanos.

Así con todo, yo crecía con un destino diferente, de cambios, de esperanzas y optimismo de tener mejor vida. Cuando uno de mis tíos me contaba acerca de sus andanzas de sus odiseas, me aterrorizaba; pero al mismo tiempo me enseñaba a no seguir sus pasos.

Pero, de cualquier manera, vestido con atuendos típicos de los negros e indígenas del Baudó, allá por mediados de la década del 60;

me veía yo; o quizás desnudo en ocasiones, caminando por las calles pantanosas del pueblo Pie de Pató. Sin pena y sin complejos, recitándole a don Tomasito y al señor Hortensio Palacio la poesía "No le hace que de mi te hayas burlado y pases junto a mí como una rosa; haya en la honda hueca sepultura, veré gusanos comiéndose tu boca".

Los señores antes mencionados, sentados en las sillas mecedoras en la tienda de Don Feliz Cantalicio Romaña se toteaban de la risa; y me compraban un boloncho de Chocolate por hacerlos ser felices escuchándome.

Con estos dos personajes, desde temprana edad comencé mi vida y discurso público, evitando el temor a hablar, lo que hoy es mi gran ventaja; estos dos comerciantes venidos de otras tierras, con lancha, ganadería, trilladora para el arroz y con la tienda más surtida de la población, fueron los pioneros del Baudó. Allí confluían todos los campesinos trayendo la cosecha en muchos bultos para ser trillado y tenerlo listo, para cuando subiera la lancha que entre otras cosas era de Don Feliz Cantalicio, por el río Pató, así lo llevarían a vender a la población costera del pacifico de Buenaventura en el departamento del valle del cauca.

No era solo de decir que llevarían arroz, sino también, maíz, plátano, dominico, marranos, gallinas, pescado salado y cuanto podían encontrar los campesinos para ofrecerlo en el puerto de buenaventura y venderlo a precio de ganga para los revendedores y vividores de un mercado informal que a destajo embaucaba a los labriegos para comprarles a bajos precios y hacían su propia navidad a costas de los baudoseños y de otras lejanas regiones del pacifico Chocoano.

Allí estaba, yo, con mi infancia en su esplendor, con los pies llenos de pantano, la barriga afuera porque estaba sin camisa y las piernitas como "Chilin" un pajarito que tiene las patitas secas como una astillita; ese mundo de ignorancia desconocida por el mundo exterior; pero muy conocida por los que nos metíamos en ella como en una película o quizás en un sueño profundo.

Mi mundo, estaba creado por lo que me rodeaba, me sentía dueño de todo a mí alrededor y era propietario de la naturaleza viva, mi piscina era el río Baudó y sus quebradas afluentes; el Rio Amporá era mi deleite por haberme visto nacer, en una de sus orillas, pues fue el primero que mis ojos vieron.

En esta piscina, podía nadar sin límites y sin riesgo de la contaminación del cloruro o de otras enfermedades estancadas en la orina o materias fecales de los demás, en las piscinas del mundo contemporáneo; porque sus aguas siempre estaban en movimiento; nunca conocí su profundidad, ni su extensión, excepto de su anchura, la cual era difícil lograr sin tener que descansar nadando boca arriba, a lo pescadito y lograr la otra orilla.

Mi zoológico, lo constituía, esa linda fauna de aves y animales exóticos del trópico, típicos de las selvas chocoanas y baudoseñas. ¡Los carpinteros, los paletones, los pichis, las loras, las perdices, los chicaos, los titis, los monos negros, rojos, las ardillas, los gavilanes, las águilas, los ratones de monte, los armadillos…y en fin! Todos los que adornan la fauna de mi Amporá y Baudó.

El firmamento, era mi lumbrera natural por las noches; la luna al igual que las estrellas alumbraban de tal manera que la noche parecía el día en un emblema de luz que provocaba irse a la playa del río a hacer castillos sin aun conocerlos y sin verlos en los libros o revistas; solo los que las imaginaciones de niño me traían; construirlos, tumbarlos y volver a edificarlos. Coger los cocuyos extraviados y soltarlos se convertía en pasatiempo en otros estados de las noches y su oscuridad.

¡Qué placer y que gozo, sentirse uno dueño de todo cuanto lo rodea y sin nadie que le prohíba o le diga lo contrario! Mis sentidos estaban conectados con mi entorno natural, el olor de las aves al pasar en cientos o miles por las mañanas y al atardecer, el cantar de los turpiales y los periquitos y el croar de las ranas y los sapos; me hacían entender que ese era mi verdadero mundo. Todo lo que hacía en esta edad, me ayudaba a desarrollarme como persona, con pleno conocimiento del mundo natural, y sus grandes ventajas para mi subsistencia.

Y qué decir de mi acuario, en verdad lo constituía las aguas del río Amporá; sí, señor. Allá a orillas del río Amporá y sus quebradas afluentes, donde a edad de cinco años podría ver como en las aguas cristalinas de las quebradas, los rollizos, las mojarras, los barbudos, las panchas, los cuzucos y los corromas se escondían y a veces salían al sonar del agua y en ocasiones su curiosidad les ocasionaba que terminaban en el plato, para adornar el arroz y el plátano cocido.

Bueno, ahora que traigo a mi mente, esas hierbas bendecidas que Dios creó allá en mi selva baudoseña; la hierba del carpintero para que no les pongan la llamada "trama" a los mordidos por culebras, (todo mordido de culebra, tenía que ser cuidadosamente mantenido en secreto; pues alguien que quisiera verlo muerto, solo tenía que ir al campo, coger todas las hierbas para curar la mordedura y enterrarlas en la orilla del río" y a eso, según los hierbateros y curanderos, era lo que llamaban la famosa "Trama".

Así era como en conversaciones, entre los adultos, yo escuchaba que decían: "¡Lo tramaron y se murió"!) Con la hierba Juana, tabaco, media copa de aguardiente en un utensilio de totumo, el que llamaban yesquero y con el ramo bendito todo lo machacaban y ponían el emplasto en la mordedura, al tiempo que se lavaba la herida. El veneno se aislaba y el mordido se iba recuperando. Pude ver una vez a un mordido de culebra, al que por los poros, oídos y encías le salía mucha sangre como también la vomitaba.

Mi padre, se curaba así mismo, cuando las llamadas equis o las verrugosas lo mordían como también ayudaba a algunos mordidos y esto lo guardaba en mi memoria como un gran tesoro en mi aprendizaje de la vida.

3

DE LA MADRE DE AGUA, EL MOHAN Y LAS COSTUMBRES PERDIDAS

Cada mañana al despertar, me sentía muy agradecido de la vida; me daban más y más ganas de vivir y aun sin saber mucho que era la propia vida. Cuando echaba una mirada a mi alrededor y sentía que todo era mío; incluso hasta el aire puro de la montaña, sentía gran felicidad inspirada internamente por las posesiones que me rodeaban.

Siendo guiado por mi madre en ocasiones y por mi abuelo, a quien decía papá Hernán y su segunda esposa, a la que llamaba "mama Digna" como mis tutores; me levantaba en un mundo sin mucho optimismo; pero muy firme, solo viendo la rutina diaria del hombre del campo; de mis progenitores madrugar al cantar de los gallos, ir a trabajar la cosecha, pescar o cazar, traer algo a la casa para la comida del nuevo día y punto.

Pero era allí también, desde la loma a la orilla del río Amporá, donde pude observar en las subidas y bajadas de las canoas llenas de labriegos y sus familias; que el entusiasmo y la felicidad del campesino no tenía valor de cambio, solo era el amor infinito por la naturaleza lo que los sostenía en su rutina diaria.

Posteriormente, cuando tuve la oportunidad de subir al caserío de Pie de Pató, me deslumbraba al observar como arribaban al caserío, las mujeres negras usando de vestido una sola pieza de tela, la cual solo le daban varias vueltas en el cuerpo del ombligo hacia abajo terminando sujetada al frente o al lado de su estómago a la cual llamaban "Paruma", las mismas, que las mujeres indígenas vestían con mucho encanto en su cultura, río arriba en el "Amporá".

Para cubrirse los senos, usaban otro pedazo de tela y a este le llamaban "Rebozo", este reemplazaría al llamado brasier según me explicó mi madre cuando le pregunté acerca de aquella forma de vestir. Lo más importante, que en ese entonces yo podía ir combinando en mis reflexiones era de que los indígenas masculinos del Baudó usaban de vestido sus pampanillas como vestido tradicional y sin camisa alguna; pero también los que se denominan libres o los de otra raza como los negros también en ocasiones usaban de vestido pampanillas como mi padre y las mujeres libres usaban las parumas como las mujeres indígenas o nativas y mi propia abuela Peregrina.

En una mezcla de culturas, el amor era permitido entre las razas; porque quizás el amor es "CIEGO" Y no tiene condiciones cuando es verdadero; los negros se unían con mujeres indígenas, especialmente se podía configurar este idilio del hombre negro y la mujer indígena; pero no viceversa, entre mujer negra y hombre indígena o quizás en mis tiempos yo nunca lo observé.

Bueno, la verdad es que en nuestra cultura siempre el hombre lleva la iniciativa en los campos del amor, somos un poco más lanzados, los llamados libres; mientras los indígenas hombres son más reservados y mantienen la integridad de su raza al tiempo que cultivan sus propias costumbres étnicas.

Pude observar en aquella época, cómo mi abuelita Peregrina, la misma que me amamantara de niño, usaba sus parumas y su rebozo;

pero solo en los lugares públicos, porque a la orilla del río o por el rancho donde vivíamos, ella tenía sus senos al aire libre y solo se ponía su paruma y esto no era motivo de agravio social, puesto que no existía malicia, las mujeres indígenas, también andaban con sus senos descubiertos y nadie objetaba su estilo de vida.

Yo aprendí a ver la desnudes en mi familia y en los nativos chocoanos, como una bendición y admiración de conocer mi cuerpo y el cuerpo del hombre y la mujer, como una magnífica obra de arte.

Esto, me enseñó a vivir sin malicia y a aprender a temprana edad, que nuestro cuerpo es símbolo de la creación; pero que el hombre civilizado le ha puesto muchas arandelas y prejuicios sociales, que han hecho perder el verdadero sentido de ser seres humanos, agradecidos con lo que Dios nos ha dado y que debemos apreciarlo, cuidarlo y darle el respeto que se merece; puesto que en cada parte de él está su imagen.

Historias de horror, de muertos, de espantos y de duendes, esto me rodeó en la infancia, allá en el Baudó querido. Pero, en mi mundo de inocencia existían también las leyendas contadas por los adultos y que han sido tradicionales en los campesinos chocoanos, la preexistencia de credos ancestrales acerca de mitos masculinos y femeninos antropomorfos han sido nuestro enriquecimiento cultural. Y yo fui levantado en él.

La Madre agua; el Mohán, la Madre monte, el Judío Errante, el Perro Negro, el Anima Sola. Bueno, estas historias, leyendas y mitos, solo eran para aquietar a los niños inquietos como yo; pero a decir verdad tenían algo de cierto.

La verdad es que el Mohán de la cabecera del río Amporá y del Baudó, era aquel hechicero que se transformaba en cualquier animal cuando hacia sus oraciones satánicas y muchos pactos con el mismísimo diablo y según me dijo mi madre salía a recorrer con cachos, con colas el mundo, y es más dizque era dentón de ojos rojos y era "Negro" como el azabache.

Me contaba mi madre, que por allá por el caserío de Catrú, existía, el famoso indio "Chilacó" el que según los habitantes de aquel sector pudieron ver transformarse en iguana, tortuga, perico o perezoso o que se yo otro animal montuno, y esa historia es aun contada como bien cierta.

Así mismo, la madre de agua; encarnación satánica que le asignaron a mi abuelo, solo porque le cobró una deuda a un vecino. Esta según mi abuelo; le quitó la paz por mucho tiempo. Mi abuelo me contaba, que él no podía bajar a la patilla de la canoa a hacer sus necesidades en el río Baudó, no podía acercarse al agua y lo más duro, ¡Nieto, me decía! ¡Es que también me pusieron un duende así que desde tierra me arrastraría al río para que la madre de agua me ahogara! Sin duda, alguna yo quedaba aterrorizado y me aquietaba en mis travesuras del campo.

¡ABUELO! y ¿usted como hizo para librarse de todos esos demonios? ¡Ahí, mijo! Tuve que buscar al "indio Juan de dios" quien sabía mucha brujería y me libertó de todas esas cargas malignas, me aseguraba ¿Y con esa descripción quien no dejaba de necear? Y en ocasiones de reflexión, esperaba encontrarme con alguno de ellos para ver y creer; pero nunca se materializaron. Allí comprendí que existían en la mente de los labriegos como mi abuelo y los personajes de edad; pero que también podrían ser ciertas todas esas cosas.

Sin embargo, la aparición de aparatos en los caminos, como los espantos y la aparición de ánimas, fueron reales en mi vida de niño. En otra ocasión, de casería con mi padre, este escuchó un loro en un árbol y se fue a dispararle con su escopeta, le hizo varios disparos y este ni siquiera se movió de donde estaba y cada momento, lo veíamos ponerse más grande.

Mi padre me dijo que, si yo estaba viendo lo que ocurría allá arriba en aquel árbol, yo le dije que sí, que yo estaba viendo un loro cambiar de estatura, el me respondió, bueno, esto debe ser obra del mismo diablo a través de alguna bruja; ¡pero si estuviera un cartucho de plata, una bala con una cruz, ahorita mismo lo bajaba bien tieso! Y volvió a dispararle; al no pasar nada, ni el loro moverse y ni el tumbarlo, pues, empezó a rezar el padre nuestro y decidimos volver al rancho; para sorpresa nuestra, nos perdimos, pues no encontrábamos el camino de regreso y cada minuto nos adentrábamos más selva adentro.

Pero, mi padre como era bien jugado en estas cosas, solo se puso los interiores al revés y me dijo a mí que hiciera lo mismo, luego nos sentamos, hicimos dos cruces con varias ramas y volvimos buscar el verdadero camino. Estábamos bien cerca y a solo varios minutos, que para nosotros parecieron horas.

La india "Jovita" muy conocida en el Amporá arriba, según cuenta mi madre, tenía por costumbre de cantar el "jai", (una forma de ritos con lo cual se controla el entorno del mundo natural y el espiritual) según la creencia negra baudoseña e indígena y para ello necesitaba una botella de aguardiente o "biche" (licor artesanal hecho de caña de azúcar); al llegar al estado de embriaguez se quedaba adormecida y empezaba a hablar acerca de todo lo que veía en sus alucinaciones.

Allí iban los que perdían bienes, los que les robaban los perros, los que tenían problemas y en fin... ella podía decirle por nombre en forma cantada en su dialecto con la traducción de su hijo todo lo que había sucedido, al que la buscaba.

En ocasiones el jaibanismo podría ser utilizado para hacer el bien o el mal, según me explicó mi madre, ya que a través de este poder espiritual el indígena podía mandarle enfermedades incurables al que le indicasen, así entonces tanto el negro y el indio baudoseños, se temían el uno al otro, porque también en los negros existían actos de brujerías, satanismo y espiritismo traídos como parte cultural del África.

Hoy por hoy, todavía hay temores del mal de ojo ejercido por el negro, como parte de su aprendizaje sobrenatural y en muchas ocasiones en pleno siglo XXI, aún existen niños, plantas y animales que son afectados por este poder.

Pero estas historias son las que han hecho de nuestra cultura afrocolombiana ser rica y misteriosa, pues han sido transmitidas de generación en generación y hasta en algunas regiones las celebran como parte del folclor tradicional. Para algunos son mentiras; pero para otros son verdad; para mí realmente existen por lo que mis ojos han visto.

Ahora bien, es bueno resaltar, acerca de cómo las madres cuidaban a sus niños y lo que según mi madre también paso con migo; cuenta mi madre y yo también lo pude ver cuando tuve uso de razón; de que a los niños llorones las madres los "Chumbaban", esto es; los envolvían en una tela larga de pies hasta la nuca y los dejaban sin movimiento parecidos a una momia según ellas, para que el niño durmiera y no molestara mucho por las noches también para que los mosquitos no se los comieran vivos y a temprana edad se enfermaran de malaria.

¡Vaya que sorpresa y tenacidad! ¡Porque cuando yo veía a los niños así amarrados creía que estaban muertos!, así mismo, cuando llovía, los ponían al chorro del agua de lluvia dizque para que el niño, dejara la "verraquera", si era muy llorón y se "amainara" eran costumbres heredadas de nuestros ancestros africanos; pero que funcionaban, funcionaban y los muchachos se crecían con la virtud de haber sido amansados, por sus propias madres, solo con el chorro del agua de lluvia y el chumbado.

4

LA DIGNIDAD Y LA RIQUEZA CAMPESINA

Pero, yendo atrás, esos eran aquellos lindos tiempos de la niñez en Pie de Pató y sus historias baudoseñas. En una tierra fértil, abandonada y donde ni el mismo gobierno gobernaba, ni los habitantes les importaba, si lo hacía o no, porque cada uno vivía de lo que la naturaleza le brindaba y nadie vivía esperanzado de lo que la administración pública hiciera.

Es decir, en mi época, poco importaba, que hubiera acueducto o no, que hubiese un gran edificio como escuela o no, que el gobierno ayudara o no, porque nuestro acueducto era el río o la quebrada no salpicada por las basuras y las podredumbres de los pueblos y ciudades, ni por la contaminación de las fábricas, las escuelas podrían ser en un rancho de paja con carbón como tiza y las sillas pedazos de madera unidos con bejucos en vez de clavos y a esto no se llamaba pobreza; sino riqueza de tener todos los materiales libres sin costo alguno.

Lo que pude aprender de mis padres y familiares en mi corta edad, fue la razón de vivir en la riqueza natural donde las familias no se valoran por el símbolo pesos, sino por lo que reciben y tienen a disposición por parte de la selva, de los ríos, quebradas y de las cosechas para el sustento. ¡Pienso, yo que el mejor regalo que mis padres me dejaron por herencia fue el aprender a vivir como rico sin dinero en los bolsillos!

Cuando veía a mi padre trabajar como una hormiga arriera, todos los días y por las tardes, en el rancho muy feliz de ver como la semilla, que echara en la tierra fértil, iba creciendo; me decía a mí mismo: cuando yo podré ser feliz como mi padre, por el trabajo del campo; pero los destinos de los dos estaban cruzados, puesto que para él la academia no importaba; pero para mí si era interesante y ahí estaba la contradicción, porque a más entendimiento, más sufrimiento e infelicidad y mayor deseo de adquirir riquezas materiales y ese fue mi primer error! Cambiar la riqueza sin costo alguno por la riqueza costosa.

Sin embargo, en ese entonces, solo eran pensamientos y anhelos nacidos de la nada, porque quien pensaría que ese niño "batuzo (empantanado) del barro escondido patoseño", podría atravesar en el futuro otras fronteras; pero la verdad es que desde Pie de Pató y el río Amporá; empezó mi sueño.

Sin saber mucho en aquel tiempo, pude ver cómo iban flotillas de fumigadores contra el paludismo, los que usaban el famoso DDT, el que según ellos serviría para erradicar el mosquito transmisor de la malaria; bien cierto es que erradicaba los insectos transmisores del paludismo; pero lo que yo no me imaginaba era que nos estaban enfermando al mismo tiempo, tanto a los humanos como a los animales que se comían a los insectos; porque con el famoso Dicloro Difenil Tricloroetano, las enfermedades del corazón y los pulmones se hicieron ver en el largo plazo.

Las aves también fueron exterminadas, las quebradas y los ríos recibieron su primer contaminante, los peces fueron envenenados y los animales que comían a estos peces o aves muertas también se llevaron su poquito; cambiando de entrada el ecosistema puro de la abandonada región en el pacífico colombiano.

Sin embargo, como no había instituciones de salud o del medio ambiente que reportaran las muertes y sus causas, tanto en los humanos como en la fauna, allá en ese paraje selvático y escondido, no se llevaban estadísticas claras de las causas de las muertes y todas figurarían como muertes naturales en los seres humanos, los animales y las aves; sin que nadie se interesara por conocer detalles.

Por ignorancia y falta de información algunos campesinos usaban el DDT, sobrante de las bolsas de los fumigadores para echarlos en los pozos y matar los peces, los cuales luego eran consumidos, al tiempo que se creaban las enfermedades cardiacas, ocasionando en muchos casos la muerte y problemas en el sistema nervioso.

Así mismo, para aquellos tiempos llegaban los enfermeros por temporadas a los pueblos a establecer puestos de vacunación, contra el sarampión, la viruela y otros virus, los cuales se convertían en gran ayuda para nosotros y en el campo, de las drogas que más recuerdo usadas para cualquier enfermedad el mejoral y la penicilina, estas dos medicinas eran la clave para combatir la mayoría de las enfermedades, desde el dolor de cabeza, hasta las infecciones en general.

Los inspectores de policía eran asignados por los padrinos políticos, los cuales eran como una figura estatal para demostrar un poco de inversión en la comunidad; especialmente en este pueblo perdido en los bajos de la serranía del Baudó y de paso los cinco o seis policías para controlar el orden público, que en esa época no tenía mucho para controlar, excepto de los borrachos y eso era toda la inversión del gobierno en las zonas marginadas.

En lo relativo con la salud y el orden público, según el gobierno estas eran las áreas más representadas: Enfermeros y Policías. Como siempre en los municipios chocoanos, las partidas asignadas para el desarrollo de los sectores sociales, se quedaba en los bolsillos de los ladrones políticos de turno, esas eran las conversaciones que desde temprana edad escuchaba entre los adultos: "Se robaron la plata que venía pa' Pie Pató".

"La plata de la carretera del pie de pepe, se la robaron" y por ahí, estiraba yo mis oídos de niño, para escuchar el descontento. En lo relacionado con el medio ambiente nunca existía ni aun debe existir un verdadero plan de desarrollo regional para el municipio que determinara las metas y proyecciones de toda su riqueza ecológica y así regular su explotación; la destrucción indiscriminada de ciertas especies va en aumento; como es el caso del cabeza de negro y la Damagua mencionados anteriormente. Era notorio en mi época ver las grandes balsas de troncos de árboles que bajaban remolcados por lanchas por el rio Baudó, los cuales eran llevados al puerto de buena ventura y vendidos para los aserríos; árboles que solo se cortaron y no se reforestaron nunca. ¿Existirán el famoso guayacán, el cedro, el roble, el cativo y la Ceiba? ¡Creo que ya no se ven ni para ombligar a los niños!

Bueno, hasta ahora en mis reflexiones de lo que vi en el Baudó, me han dejado pensativo, acerca de la destrucción de mi región y de esa gran riqueza que nos nutría, del aire puro del amanecer, de las aguas cristalinas y de los recursos en abundancia; después de tantos años fuera de ellos, aun no sé si existirán o si ya solo quedan cenizas de lo que tanto amé y pude disfrutar; pero en mi mente está la imagen clara de una linda región BAUDOSEÑA donde crecí y que me dio todo lo que tenía como un regalo más que nunca olvidaría.

Con todo este ir y venir, mis padres se la jugaban del todo por el todo para sostener su vida campesina y ayudarme a mí a ver mi vida desde mi óptica del campo.

Me enseñaron, como saber usar los recursos naturales, para mi provecho al tiempo que debía respetarlos, si quería que me ofrecieran algo para el futuro, así que yo ponía atención a los movimientos que se presentaban a mi alrededor, quizás con los ojos bien abiertos, mirando al frente y a mis contornos, con la esperanza de que estas enseñanzas pasadas, se convirtieran en el mejor legado, para un futuro promisorio en mi vida.

Ahora doy gracias a Dios por todo lo que pude ver y pasar, porque aseguré buenas opciones de respeto por la vida, la naturaleza y mis costumbres perdidas.

¡Y recordando de esos famosos árboles frutales silvestres, como el pacó, cuya pulpa servía para reemplazar la carne, mi madre lo cocinaba, lo molía o lo hacía en sopa, con arroz y plátano, que delicia!, y si me remonto a hablar de la leche de la fruta llamada "mil pesos", bueno esa es otra historia; con dicha leche se hacía arroz, sopas y se tomaba como refresco en días de calor. Del árbol de pan, ni que hablar, puesto que todavía es del consumo campesino y ahora mismo quisiera tener unas cuantas frutas conmigo para disfrutar de su exquisito sabor y llenar mi estómago con algo de alimento puro y orgánico de su nuez.

Aún no podría dejar de lado al "chontaduro", el cual ha servido de bocado especial, no solo al campesino chocoano, sino a los otros seres humanos de otras latitudes, otros mundos, otras fronteras. El chontaduro, ya atravesó la frontera chocoana y sirve de bocado en Norteamérica y otros países; ¡pero ya no se llama chontaduro, sino "palmito"! Bueno, chontaduro o palmito, aún tiene los mismos beneficios para el sistema reproductivo de los hombres y mujeres que no pueden concebir.

¡La pura verdad!, ¡si no puede engendrar hijos, solo hágase un jugo de chontaduro, leche y miel de abejas y observará, como su fertilidad crece tanto que puede hasta tener mellizos!, hay hombe! ¡Y saber que a veces los campesinos lo usaban solo para el engorde de los marranos como les llamamos a los cerdos! ¿Y qué decir del ñame, la batata, la rascadera o el achín y la yuca? ¡Excelentes, ingredientes en una Buena sopa o sancocho! Bueno, se las dejo ahí, por ahora, en cuanto a mi finca, allá por las montañas del Baudó y mi querido Amporá.

Y digo mi finca, porque no tenía límites y si por alguna causa traspasaba los linderos de mi vecino, en casería con mi padre, cuando él me llevaba al monte para aprender a "arriar" a los perros y a reconocer el rastro de los animales, nunca nos esperaban con escopeta apuntándonos; solo era un saludo y seguíamos adelante escuchando el ladrar de los perros, hasta encontrar la guagua o guartinaja, encuevada o chapuzando en el río.

Era un arco iris de regalías que la madre naturaleza me ofreció y cuando el dolor y la angustia buscaban atropellarme de chico; la alegría volvía a mí al adentrarme selva adentro a vivir mi mundo de emociones cuyos protagonistas, las aves y yo lo hacíamos aún más interesante con cada cantar y trajinar.

Por lo demás, con esos árboles frutales del trópico como el "caimito", la abundancia de pescado y animales silvestres para nuestra subsistencia; me hicieron entender que Apartadó donde vivía mi presente era tierra desconocida. Eran dos mundos diferentes, el Alto Baudó por su aislamiento y Urabá por su alta aglomeración poblacional.

También, los encuentros con hechos sobrenaturales en el Baudó, como el que cierta vez caminando en busca de chocolate o cacao con mi tía Nelly (que en paz descanse) y hernancito el hijo de mi tío "Guachilejo" escuchamos una voz dentro del monte cercano a unas palmas de chontaduro que nos gritó ¡MUCHACHOS! En medio del monte y sin nadie alrededor; pero cual fue nuestro susto que salimos gritando y corriendo por el monte adentro hasta encontrar el camino y llegar al rancho.

Desde ese momento y con la advertencia de que si desobedecíamos nos podía coger el duende y escondernos en la selva, yo procuraba por ser bien obediente. ¡Pero, eso no era nada!, luego vinieron los cuentos de las llamadas Madre de aguas ya mencionadas en mi relato. Pues a esta cierta clase de demonios o espíritus formados por la creencia de los hechiceros, brujos y encantadores; yo no les ponía mucha atención; siempre creí que solo fueron historias de la mente Baudoseña.

Dicen por ahí, que dizque andaban sueltos ahogando en los ríos a cualquier tipo de personas cuando se les salían del dominio a los brujos y cuando esto sucedía y tenían ganas de matar cogían a los niños desobedientes especialmente a los que les gustaba pasar el tiempo nadando en el río sin permiso como era yo. Como crecí a la orilla del río Amporá y estaba cerca el río Baudó, mi deleite era tirarme a nadar sin importar si había madre de aguas, demonios de los ríos, espíritus diabólicos o lo que fuera; o si estaba crecido o no; ¡yo solo lo disfrutaba libremente sin temores!, no podrían tocarme.

El río Baudó, es navegable por lanchas, o sea que no era pequeño ni poco profundo, y quizás ese era el temor de mi madre y mis familiares de que me fuera a ahogar y por eso se inventaban dichas historias. Verdaderas o no para ellos; ¡no aplicaban para mí, mi mundo era diferente!; pero ahora las creo por ciertas después de ver hasta dónde ha llegado la maldad del hombre.

¡Cuando me llevó mi madrina a Quibdó, por primera vez y cuando vi algo que se movía en la calle, le pregunté! ¡Tía! porque también era hermana de mi madre ¿Qué es eso?, ¡y al llegar al malecón, me dijo! ¡Eso se llama "carro mijo"! Todo era desconocido para mí, las casas hechas de cemento, el olor, la cantidad de personas alrededor del mercado, los llamados "carros" que un solo hombre podría mover y los edificios, mejor dicho, todo era nuevo para mí en mi primera experiencia hacia la capital chocoana. Bueno, pero la vida me estaba enseñando, a esa edad que solo sería el principio de mi aventura por el mundo.

Desde allá de la serranía del Baudó, desde Pie de Pató, ahora hasta Quibdó, en un poco más de civilización, ya no andaría desnudo en la calle, ya no me iría al río a la patilla de la canoa, para hacer mis necesidades y limpiarme con agua de río, o usaría las tusas de las mazorcas de maíz desgranadas, o usaría la hoja de Santamaría de Anís.

Tampoco andaría con los pies llenos de barro y con podreduras en medio de los dedos "las llamadas mazamorra" o tampoco con la huella de los estragos de las cortadas en la planta de los pies debido a los clavos de agua (una planta que crece en el suelo con sus trampas de espinas a semejanza de clavos, los cuales pueden traspasar hasta las botas), y las espinas de la palma de huerregue o las ronchas de la planta pringamoza que al tocarla su veneno producía rasquiña en la piel y mucho ardor recordándome que la naturaleza había que respetarla.

Mi madrina y tía me ayudaba a vestirme y me decía que debería permanecer con la ropa puesta y no era permitido andar sin camisa, "Veringo" en la ciudad. Porque la verdad, es que me estorbaba un poquito tener que mantener la camisa encima, así mismo los zapatos charanga de plástico que me había comprado mi madre para la ciudad. ¡Bueno! Tenía que irme acostumbrando. Pero volvimos al Baudó y todo se me olvidó. Volví a andar descalzo; pero eso si con el pantalón corto y de retazos.

A los seis años, me llevó mi madre, otra vez para la ciudad de Quibdó, la capital del departamento del Chocó, porque esta vez íbamos, ahora sí para la región de Urabá, especialmente para el municipio de Apartadó en la provincia de Antioquia, hacia donde mi padre había viajado.

Sí, él se había fugado de la cárcel de Pie de Pató, había peleado con un policía de nombre "Lagarejo" en una de sus borracheras, le pegó y el uniformado lo metió preso, luego de darle unas buenas trompadas a mansalva con los otros tres policías del pueblo, hasta doblegarlo con la boca, nariz y varios cortes en su cuerpo.

Bien, en uno de esos días, en que le tocaba bañarse, en el lugar denominado el "chorro", donde caía agua de la cordillera del Baudó, lo mandaron solo y allí mi madre en su complicidad, le llevó una bolsa con su ropa y el hombre se echó a perder de Pie de Pató y ojos que te vuelvan a ver. Se les escapó el ave nocturna y hasta el sol de hoy.

Mi padre hacía cerca de dos años que se había ido para Urabá. En Urabá consiguió trabajo y una vez allí le mandó decir a mi madre que viajara conmigo y fue así como con bolsa y maletín; ¡los que se marchan!

Pero, antes de irnos hacia Urabá, tuvimos que hacer un alto en Quibdó donde mi madre me dejó por cerca de dos semanas en la casa de una de sus tías, porque ella le sugirió que fuera primero a Urabá para ver si podía verse con mi padre y que ella sola podría cerciorarse sin ponerme a mí en peligro porque estaba muy pequeño.

Mi madre accedió a su consejo y me dejó en casa de su tía; pero su esposo, para el cual los negros no éramos personas recuerdo yo, ahora que escribo esta historia y mi madre también me lo trajo a la memoria de que en una creciente del río Atrato mientras yo estaba en su casa el hombre me iba a tirar al rio, como una basura porque a él no le gustaban los negros.

Entonces, ¿por qué ese negrito estaba en su casa?; yo, entiendo de su agravio contra los negros, pues según mi madre; el cuñado, un negro macizo, le cortó la mano por pegarle a la esposa quien era su hermana y por tratarla mal, entonces el no sentía simpatía por los negros, grandes o pequeños.

Cuando mi madre regresó de Urabá; empacamos y adiós Chocó querido, Amporá, Baudó, serranía del Baudó y mi verdadero mundo de sueños infantiles; ahora empezaba mi realidad.

Desde allí, desde Pie de Pató en el Alto Baudó Chocó, de la tierra fértil, carismática y, poseída por espíritus, con grandes tesoros escondidos, abundante en flora y fauna, navegación fluvial y pobreza absoluta, matizada con amor natural; salí en un viaje sin regreso, a la tierra del oro verde, Urabá, donde el decir popular era que "nacían muchos y se criaban pocos"; allí donde las plantas de banano crecen con muchos fertilizantes, la tierra produce si la drenan, la deforestación es el símbolo de la riqueza verde en los platos americanos y europeos y donde las plagas son bombardeadas desde el aire y los hombres explotados física y mentalmente.

Mi pensamiento vuela, se distrae en la penumbra, contemplando lo que en mi niñez Baudoseña pudo ser y no fue; me trae a la mente el fenómeno de la memoria fotográfica, las aguas torrentosas de mi Amporá, donde pude ver los peces cambiar de colores en los charcos, los cuales aún veo como si los estuviese al frente mío.

El canto de las aves montunas en lo profundo de la selva anunciando su libertad; los guacamayos coloridos, los paletones o tucanes los pichis y las loras que llamaba "catanicas" quienes con su hermosura me hicieron entender a mi edad que la belleza del campo no se podía cambiar. En la zona de Urabá para la década del 60-70, había un auge de trabajo bastante grande, de allí que muchos campesinos viajaban con su familia en la búsqueda de una mejor vida y a veces encontraban la muerte.

5

¿Y QUE DE MI RAZA?

Por su parte, mi padre trabajaba con una cuadrilla de muchos hombres mejorando la vía al mar, entre las poblaciones de Zungo y Apartadó, esto fue para los años 1967-1970, precisamente tenía yo diez años.

Mi primer año escolar, fue en esta población, de donde recuerdo que allí había un retén militar en plena vía de la carretera al mar como se le llamaba a la vía a Urabá; los soldados ponían una vara de guadua de lado a lado y todos los vehículos paraban, los pasajeros se bajaban y eran requisados ellos y los carros tanto los del norte de Urabá como los del sur.

La brigada militar, tenía una escuela con educación plenamente de su índole y yo hacía parte de ese primer año escolar. Aquí en este plantel educativo fue donde pude aplicar todos los conocimientos adquiridos, en mi zoológico Baudoseño, puesto que, al ver los dibujos de los animales y las aves silvestres propias de la región; ya para mí no era algo nuevo, aun sin saber leer, les mencionaba el nombre y en ese momento sentía como si estuviera escuchándolas cantar.

Algunas veces solo les decía el nombre típico de mi región, y era allí cuando me corregían los compañeros de clase, diciéndome el nombre que aparecía en el libro de dibujos. Con mi cartilla llamaba "Coquito" "uno de los textos más leídos en el currículo educativo en

Colombia por cerca tres décadas y la paciencia de mi primer profesor de apellido 'Flores"; aprendí mis primeras letras en "Coquito".

Ahora doy gracias al profesor Everardo Zapata, quien para los años 1955, publicó en el Perú este valioso libro. Me di cuenta entonces que hubo un propósito en mi vida cuando aprendí a distinguir y a vivir en convivencia con los animales: Desarrollarme para los nuevos tropeles de la llamaba ciencia del saber.

Mochila" como me llamaban los compañeros, por andar con los cuadernos en una mochila hecha de fique y por mencionar a cada rato al famoso boxeador de la década de los 60's " Mochila Herrara" cuyo nombre era Antonio Herrera. Ya estaba con uniforme de caqui, gorra, botas, reata militar y madrugaba todos los días a la escuela.

El profesor Flores, siempre nos forjaba y se fajaba con los alumnos a enseñarnos todas las peripecias y ejercicios militares. En sus clases aprendí, el orden, el aseo personal y la disciplina, pues cada día nos revisaba las uñas, el cuello de la camisa, las botas y si estábamos bien peinados, todo tenía que ser perfecto, las botas tenían que estar como un espejo decía el profesor Flores, en la fila diaria teníamos que sacar pecho y responderle fuerte.

Las faltas en disciplina y conducta eran pagadas haciendo velitas, currucas, corriendo con obstáculos y haciendo cuclillas. De toda esta disciplina militar estoy agradecido; ya que fue una gran enseñanza para el resto de mis días y la pasión por el deporte del atletismo allí tuvo su nacimiento.

Cuando el atletismo llegó a mi ser; se convirtió no en un pasatiempo deportivo, si no mi propia terapia para olvidar, para desahogarme, para buscar inspiración en la naturaleza y maltratar mi cuerpo hasta el éxtasis, controlando así cualquier impulso de la adolescencia traicionera, que estuviese acechándome y desviaría mi proyecto de vida; así que, con esta terapia, ya nos entendíamos muy bien.

Corriendo descalzo para no dañar las botas o los tenis de segunda, con los dedos de los pies rajados en sus coyunturas de las cortaduras de las piedras, con las cortadas en la planta de estos por algún vidrio mal ubicado; ¡pero era solo motivo de olvidar, correr y correr, sin parar, hasta que el aire faltaba en mis pulmones y era cuando mi mente me decía, para! Descansa un poco, porque la travesía aun es larga y te quedan muchos años, kilómetros, subidas y bajadas muy pendientes por recorrer. Me tiraba al suelo, buscando alivio en la llanura del potrero o en la playa del rio Zungo y de allí continuaba nuevamente hasta encontrar aquellos árboles frutales de guayaba silvestre, mango y churimas y comer hasta saciarme; ¡pero eso sí! Sin recordar el pasado y sus peripecias negativas.

¡Zungo! Pueblo que me enseñó a consolarme a mí mismo, atreves del atletismo y mi terapia constructiva; aun te llevo en mi corazón con mucho orgullo y agradecimiento por haber permitido que alguien se atravesara en mi camino y me enseñaría a vivir feliz con mis propias habilidades de niño travieso.

Desde la población de zungo, mis meditaciones acerca de lo vivido en el chocó, se alcanzaron a profundizar más y cavilando en mi interior, comencé la odisea de cuestionarme, haciendo mención y resaltando, que en medio de todos los problemas sociales por los que atravesamos las minorías colombianas, existe mucho racismo inclusive entre los mismos negros.

Algunos que son mestizos y que se consideran blancos odian a los que Dios nos creó de piel oscura o negros; mas no carbón como muchos a veces nos tratan; a esa edad y especialmente cuando conocí la llamada civilización de la ciudad pude empezar a entender, que el mundo estaba hecho por toda clase de personas quienes en su interior llevan el mal y la discriminación, el aislamiento para los más débiles y la degradación del ser humano.

Cuando hecho una mirada a mi infancia y de las cosas que me fueron contadas por mi madre, comprendo que yo he sido bendecido al tener dos padres, uno biológico y otro de crianza, tres madres; la biológica, la que me ayudó en esos días de más cuidado o de crianza y mi abuelita "Pelele" quien de su seno me dio la leche que me ayudó a crecer con tendencias de dos poderes nutricionales maternos, porque llevaba parte de su ser en cada succión de mis encías y una tercera; la segunda mujer de mi padre quien también cuidada de mí.

Mi mama Digna y mi Papa Hernán, madre y padres que llevo en cada latir de mi corazón; me enseñaron a ver la vida en aquella edad de inocencias con desvelo, con carisma y con esperanza. "Pelele", con su paciencia, en cada succión de su seno, me transmitía los nutrientes necesarios para mi desarrollo, estimulando mi sistema de anticuerpos; a su vez al succionar los propios senos de Belén mi madre biológica también estaba llenándome de más anticuerpos, los cuales necesitaría para enfrentar un mundo indiferente.

Creo yo, ahora que este conjunto de mezclas de leches maternas, de doctrinas maternales y paternales, han sido las cosas que me han proporcionado los elementos necesarios, para poder enfrentar, aquel mundo irracional de la mente pervertida y engañosa como también ver el mundo racional, donde los hombres no son hombres en sí, sino esferas fugaces, que son hoy y mañana ya no tienen existencia y donde los colores de la piel no tienen razón de ser.

De mi padre biológico, Servando, también tengo, parte de sus características, lo cierto es que ellas no pudieron desarrollarse en su intensidad; éramos opuestos. En aquellos tiempos, tuve noches de insomnio, donde el cariño hubiese bastado como un gran aliciente de esperanza; sin embargo, no llegó a su tiempo, ni a destiempo, pues el cariño; no existía en la soledad, solo el amor propio combatía todo pesimismo.

Luego, también pude reflexionar y ver más adelante como la ciudad de Quibdó, siendo la mayoría de la población negra en un alto porcentaje, para esa época, era dominada en su comercio y manejada por empresarios de otras tierras; especialmente blancos.

Actualmente, el departamento del Chocó está compuesto por la mayoría de su población afrodescendientes en un 82.1% según el censo del Departamento Nacional de Estadísticas Colombiano, los amerindios o indígenas constituyen el 12.7% y los blancos o mestizos 5.2%; y del total de la población Colombiana los afrodescendientes representamos solo el 10.6%, así mismo según el Dane en el censo del año 2005, la capital chocoana Quibdó, estaba compuesta por Afrocolombianos (95,3%, mestizos y blancos (2,3%), indígenas (1,4%).

La verdad es, que los blancos han llegado al chocó de otros departamentos como Antioquia y Pereira los departamentos más cercanos a emprender empresas y sacarles el jugo a los recursos chocoanos, los cuales los mismos chocoanos por andar ensimismados en su propio ego, embeleco, orgullo, engreimiento y abandonados o quizás por la misma forma de segregación racial a la que han sido sometidos no se atreven a ser los pioneros de su propio desarrollo económico, cultural y social.

Y si de una u otra manera, tratan de hacer algo, el mismo racismo de una parte de esa minoría blanca y la persecución por envidia de los pocos mestizos y de sus propios coterráneos, les hace terminar con sus aspiraciones. Los negros chocoanos, hemos sido el escarnio y la burla por nuestro acento al hablar, de los habitantes de otros pueblos aun de los programas televisivos, donde causa risa para los oyentes, cuando un humorista coge a los negros de tema y hace el papel de negro en su forma de expresarse.

En mi niñez viví, la burla de una sociedad sin contemplaciones, donde desde pequeñitos, los niños blancos me remedaban, cuando yo decía alguna palabra donde en vez de usar la letra "R" usaba la letra "D", por ejemplo, por decir cuchara, decía "cuchada" o por decir "todavía", decía "toravia", por decir "nudo", decía "Nuro" o "queda" la cambiaba por "quera"; bueno con el correr del tiempo, fui aprendiendo a expresarme y mi madre me ayudó mucho para hablar del español sin fronteras, con el cual ahora me defiendo como buen hispano.

Sin embargo, como aun en mi país en mi época no había leyes que persiguieran a los abusadores y no había persecución de la corte por motivos de odio entre las razas, cualquiera de raza blanca o "café con leche" como les denominamos a los que no son tan quemados; podía decirnos hasta vende tripas, en la calle, en la radio, en televisión en los medios escritos, gritado, susurrado o como les diera la gana; ¡no había censura! Desde luego, que todavía no la hay.

Esto sólo es un nuevo modo de hacer reír "cogiendo al negro o chocoano de tema". Quizás, el marido de la tía de mi madre, por ignorancia o por chiste, trato de hacerme creer que me tiraría al río Atrato. ¿Creen que lo hubiera hecho de verdad? ¿O solo era para asustarme?, a lo mejor sí, porque para mí el racismo era nuevo; pero para él creo que nació con él.

Pero, al mismo tiempo que algunos de mi raza y color, solo pasaban divagando ensimismados, y hablando acerca del abandono en que el gobierno nacional los había mantenido por décadas y a la corrupción de sus representantes en los niveles de este, en la época en que lo que se denomina hoy departamento del Chocó le pertenecía al departamento de Antioquia.

El Doctor Diego Luis Córdoba, si les ponía el pecho a los problemas de las minorías, entre ellos me hablaba mi padre y mi madre, de quien fuera el fundador del departamento del Chocó y donde la raza negra en Colombia tenía a un verdadero líder y defensor de sus derechos. Un gran abogado, político y profesor de derecho laboral y romano.

Realmente, no sé cómo mi padre, sabía tanto acerca del ilustre Doctor Diego Luis Córdoba, porque su nivel de educación no era tan siquiera el bachillerato.

Pero, lo que aprendí de las versiones contadas fue que, en el Chocó, la vida y las acciones legislativas de este ilustre personaje los chocoanos se la conocen como una cátedra escolar, como decimos "de pea a peapa" puesto que muchos viejos y jóvenes lo han tenido como un modelo por su inteligencia y su capacidad.

Mi padre me decía varias frases que el Doctor Diego Luis Córdoba mencionaba y lo hacía con orgullo en forma de chiste; ¡me contaba que al entrar el Doctor Córdoba al lugar de reuniones en Bogotá y en su papel de representante a la Cámara, le dijeron ``Se oscureció el salón`` y este dizque les contesto! ``pero se abrieron los entendimientos``, así mismo muchos otros chocoanos me la recitaban cuando era yo aún un niño.

Y no es de menos creerlo, cuando el nombre del Doctor Diego Luis Córdoba, lo llevan muchos chocoanos, quienes fueron bautizados por sus padres así, por si de pronto la mente del hombre se atolondraba, queriendo olvidar a quien luchó hasta su muerte por los derechos de los negros en Colombia, tendrían en quienes recordarlo al menos por el nombre, especialmente las nuevas generaciones.

El Doctor Diego Luis Córdoba, dejó el gran legado y su estampa en el corazón de las negritudes colombianas inmortalizándose con sabias palabras de su clase como: "Por la ignorancia se desciende a la servidumbre, por la educación se asciende a la libertad".

Este pensamiento, creo que aún es parte de la motivación chocoana a estudiar carreras profesionales, siendo así, que el chocó, tiene hoy por hoy un porcentaje bien elevado de educadores, y otros tipos de profesionales, pues precisamente en Quibdó, se encuentra una de las instituciones más sobresalientes del país en cuanto a la preparación de los profesores, como es la Normal y la universidad Diego Luis córdoba.

De igual manera, cuando yo escuchaba estas historias verdaderas, veía en mi padre como se excitaba, al tiempo que me dejaba motivado, para seguir los pasos del Doctor Córdoba; ¡pero yo miraba mi horizonte desde otra perspectiva! ¡Quería ser yo mismo! ¡A los diez años solo pensaba en crear mi propio estado emocional!

Porque pensando en la respuesta del Doctor Córdoba, intuí que la inteligencia y el entendimiento son solo para los vencedores y seguí cavilando y explorando al tiempo preguntándome, si en la oscuridad la inteligencia aun funcionaba y aún más reflexioné acerca de esta frase y me pregunté si la inteligencia era asignada por Dios o por la academia; allí me detuve en mis meditaciones profundas y llegué a la conclusión de que esta se adquiere con el conocimiento y el conocimiento es un don de la creación y la creación es de Dios.

Ahora bien; si yo soy parte de la creación; fue porque Dios me formó y si el conocimiento es un don del creador él también podría dármelo a mí si yo se lo pidiera y podría así entonces aplicar mi inteligencia en la solución de cualquier problema, porque tendría capacidad de entenderlo y comprenderlo de la mejor manera razonable posible en los años de vida que Dios me daría.

Bueno, yo quería no esa inteligencia y conocimiento del hombre carnal, Para adquirir beneficios materiales, si no aquella que no se deja ver por el ojo humano, sino por el ojo espiritual y entonces, seguía hablando conmigo mismo durante los años de infancia y pidiéndole al creador, que me diera conocimiento y más inteligencia para poder gobernar mi propia vida.

Refuté la mediocridad y preocupaciones de mi pasado que podrían venir al presente y pude derrotar a las fuerzas de la oscuridad por herencias ancestrales, así mismo moví hacia adelante mis hombros como soldado en formación y mi mente se focalizó en el momento que estaba ocurriendo y no en el futuro que no conocía y pude ver la verdad de mi razón.

Me negué a mí mismo, en la falsedad de los lujos de una vida fácil y por el contrario me convertí en un verdadero peleador y sobreviviente por alcanzar mi felicidad y éxito. Supe que, si veía el mundo desde mi propia óptica y perspectiva en esta llamada civilización, podría con entusiasmo obtener mejor vida más con esperanzas y no con solo deseos, pues no era necesario solo creer ser sino ser y emerger del lodo y la selva a la congestión de un nuevo ciudadano.

Así entonces, he conquistado y traspasado mis propios obstáculos físicos y los que me han impuesto otros, así he podido reforzar mi espíritu lleno de amor, gratitud y agradecimientos desde mi mente y mi cuerpo, exitosamente llevando un verdadero mensaje a mi subconsciente de paz alcanzable.

A lo largo de diferentes momentos en mi vida, tuve que salirme lejos de mi zona de confort. El espacio, donde muchas personas son encarceladas. Pude liberarme de sus obstáculos y explorar sin fronteras, por lo que sería ser capaz de mover en mí destino, mientras que la aplicación de los conceptos y principios aprendidos a lo largo de mis últimos tiempos me indicaron que esa era la ruta.

Para aquellos momentos donde se surgieron emociones muy fuertes, los sentimientos de pertenencia me llevaron a ser parte de la vida silvestre natural completa como un todo; con los principios de la relación familiar y con los ojos de la supervisión de la mente, pude ver que el joven infantil una vez inevitablemente se convertiría en un ser lleno de verdad, no por mi edad, pero debido a mi experiencia.

Y continuando con lo que se llama mi color moreno, la raza prieta, cimarrón o simplemente negros y como dice la canción: Negro he sido, negro soy, negro ayer, mañana y hoy; sí que nos ha faltado envergadura, para sacar a relucir todos esos dones escondidos que guardamos y tenemos para ponerlos a flote. Hemos vivido, en contradicción con nuestra realidad, en oposición a nuestras metas y solo con la esperanza de un mejor futuro, liderado y consumado por los blancos o mestizos. Sorpresivamente, todo ha venido al punto bajo en donde la sociedad colombiana a marginalizado los grupos minoritarios, como negros e indígenas porque según su mentalidad somos Buenos para nada y según sus conciencias "negro que no la hace a la entrada, la hace a la salida".

Pero, lo que muchos colombianos no reconocen, es que, debido al trabajo duro de negros e indígenas en la esclavitud, la riqueza de este país fue construida. Las fincas, la industria minera y la cultura fueron derivadas por el apoyo del esclavo colombiano (aquellos nacidos en este país). Parte de los trabajos artísticos, mecánicos, joyeros y artesanales, fueron de contribución del esclavo negro colombiano, al igual que la sastrería.

Pero al igual que las minas de oro y platino hacen del chocó el departamento más productivo, también la explotación del negro chocoano y su territorio minero sigue siendo para los capitalistas foráneos la gran oportunidad de inversión sin contrapartida o redistribución social.

Las poblaciones de asentamiento minero solo ven salir las libras del metal precioso, para ser vendido en el banco de la república y el dinero se queda en las grandes ciudades mas no se refleja en obras sociales en las poblaciones de donde se explota la minería. Vale la pena investigar si los vendedores del metal precioso asignan el verdadero territorio de explotación o simplemente es un nuevo negocio por motivo de las transferencias.

La decidía por conocernos más a fondo en nuestras raíces y el temor de demostrar lo que verdaderamente valemos y no los reales por los cuales nos vendían en los puertos negreros de Cartagena de indias en los tiempos de la esclavitud, nos tiene aletargados. Ese pasado que nos ha mantenido por muchos años subyugados, soñando despiertos en lo que el viento se llevó y en una historia llena de terror influenciada por míster Cristóbal Colon y su llamado descubrimiento, a lo que nosotros deberíamos denominar desmembramiento, puesto que lo que hicieron los tales españoles solo fue desmembrar las culturas y dejar asolamiento entre los negros e indígenas de mi país.

El robo perpetuo, de todo el oro y la plata que encontraron, llevando esas barcazas denominadas, la pinta, la niña y la Santamaría (que aprendí en historia), repletas a la corona española; oro que hasta hoy los españoles, deben entender que fue lleno de sangre inocente de todos los indígenas y negros que, a su paso, traspasaron para saquearles sus pertenencias, y el dinero producto de la trata de esclavos en Cartagena cerca de los años 1595-1615, siendo este el principal puerto.

Hasta hoy aun no entiendo, que fue lo que descubrió, Colón; porque en las Américas había seres humanos y no una nueva especie de animales racionales. Sin embargo, el sustento del concepto ideológico del racismo ha pretendido considerarnos como simplemente hombres y mujeres esclavos, inferiores e irracionales comparados con animales.

Según los tiempos de la trata de esclavos en Cartagena y otros puertos negreros del mundo, nos consideraban, legalmente como cosas, objetos de compra y venta; sin embargo, se olvidaron de que lo único que nos diferencia es el color; pues, los atributos de cualquier ser humano están en cada uno de nosotros.

El Prejuicio racista que aún continua en la mayoría de los países y en todas las culturas con supremacía blanca (excepto los mestizos colombianos), se ha manifestado de tal manera que se ha convertido en alta prioridad en las agendas de los gobernantes en muchas naciones por sostener un sistema social manchado por la sangre inocente de los negros.

Pero, la pura verdad es que la desventaja social, en la que vivimos los hombres y mujeres negros y negras es lo que nos ha mantenido marginados solo con el deseo de superación. El estado nos ha marginado y la sociedad nos ha lastimado fuertemente en nuestra conciencia. Se ha polarizado el mundo de los negros y los blancos o mestizos, los unos por quitarnos nuestra propia identidad y negarnos lo que nos pertenece, como el derecho a la educación histórica de nuestra proveniencia y así formar las bases para nuestro pliego de peticiones y los otros por dejarnos subyugar por la ignorancia investigativa de nuestras raíces.

En vez de poner los ideales negros a funcionar, esas mentes brillantes que Dios nos ha dado, esa inteligencia incomparable y admirada en las escuelas, colegios y universidades; ¡porque eso sí! De que nos admiran, nos admiran, no solo por lo que nos quieran llamar por el color de nuestra piel o por esos dientes preciosos que tenemos, sino porque en verdad, la inteligencia fue un gran don que Dios nos dio como pago por todos los agravios cometidos en nuestra contra por los blancos y su escuela de ignorancia.

Si nos convenciéramos de que unidos lográremos ver en Colombia el primer presidente negro, una mona liza negra y hasta al mismo Jesucristo negro; es posible que se haga realidad; pero no es así; aun sentimos el corral y el látigo, aunque ya se abolió la esclavitud.

Sin embargo, nos hemos quedado parados viendo a otros correr por nosotros y viendo cómo se llevan parte de los recursos naturales, el oro, la plata, y cómo aun los de nuestra propia raza, sin importarles un pepino ni el estado de pobreza de su misma gente negra, se empacan los bolsillos y sus cuentas bancarias día tras día crecen con el robo y destrozo de las regalías del gobierno central para los sectores más desfavorecidos del Chocó, y no tiene doliente, prácticamente un muerto sin quien nadie lo llore.

Intentar pensar, en ver a Jesucristo negro sería una utopía en Colombia, pues ya en las cátedras escolares, los dibujos que presentan de él y del mismo Dios, son de los rasgos físicos de la raza blanca, las cartillas de religión y en el mundo lo presentan de la manera que el hombre blanco se lo ha imaginado, al igual que a Dios; lo que no entienden es que la misma Biblia dice que a Dios nadie lo ha visto cara a cara por ser espíritu.

Hay algo más que me ha llamado la atención, como es el hecho de que a San Judas, por ser traidor lo pintan negro; pero el punto más importante, es que sin ver el color que quieran darle al creador y a su hijo, también los negros somos parte de su creación y por lo tanto, si nuestra mente es lo suficiente positiva, podemos darle un cambio a lo que se ve y hacerlo como lo que no se ve físicamente; pero si en nuestro interior, porque desde la mente es desde donde se crean las ideas, las ideas llevan al cambio y el cambio hace transformaciones y estas conllevan al desarrollo social y la libertad.

¿Siempre me pregunté, al leer los libros de historia acerca de por qué precisamente a los negros nos tenían que vender como esclavos? ¿Por qué? ¡Si igual que los blancos tenemos los mismos rasgos físicos excepto el color de la piel y cuando le preguntaba a mi padre, solo me respondía! ¡Hijo! ¡Es mejor ser negro por fuera, pero no por dentro!

Y aun así le seguía preguntando… que si él sabía de qué color era él por dentro y mejor se callaba; esa pregunta me la respondí, yo mismo; no era el verdadero color por dentro, si no lo que internamente en el corazón se lleva lo que hace a la humanidad ser más negros aun que los propios negros de piel.

Bueno, creo que aún es tiempo del resurgir chocoano!, los negros y los mestizos e indígenas a poner en un panel, esas ideas brillantes, y divulgarlas a viva voz, a sacar a relucir esos talentos escondidos por tantos años y sin importar de que somos minorías a formar un movimiento participativo democrático, en el cual la población negra y todos los que nos quieran ayudar se nos unan, para derrotar la opresión de tantos años y consolidar lo que verdaderamente somos: "hombres y mujeres capaces de jalonar su propio desarrollo, con equidad y conciencia pura"

Consecuentemente, los recursos naturales que tenemos, en una de las regiones más lluviosas de Colombia están a nuestro favor, son abundantes, los cuales aprendiendo a explorarlos nos darán más que los beneficios de subsistencia de regalías estatales; muchas riquezas participativas, entonces allí estaría la clave, para ver no más chocoanos pobres; pero más chocoanos ricos, millonarios.

Desde luego que, solo es materia de darle el uso apropiado a las torrenciales aguas que caen directamente del cielo, en aquellas zonas donde no hay polución ni contaminación y hacerlas útiles para la economía, al fin y al cabo, no contiene Cloro ni fluoride y beneficia la salud' en otras palabras: Vender agua del cielo.

Efectivamente, la construcción de una represa de generación de energía en el rio Atrato y otros afluentes, las exportaciones menores de productos enlatados como chontaduro, Pacó, mil pesos y en fin muchos productos que podrían generar ventajas de crecimiento directo e indirecto a los mismos chocoanos.

¡De alguna manera! Este era parte de mis sueños, ver las cosas como mi mente me decía que las viera y no como la sociedad me lo imponía o quizás como los cercanos a mi querían, así que se pueden imaginar cómo veía a Jesucristo, a Dios, y hasta a el mismo diablo, a quien me lo pintaban con cachos y con colas, negro rojo y dentón; ¡pero en mi mente lo veía siendo un hombre bien pinta!

¡Y cuando crecí, mi padre me decía que abriera bien los ojos antes de meterme con alguna mujer porque para él el diablo se vestía de mujer atractiva, para hacer caer a los hombres más fuertes en tentación! ¡Acerca de esto, si es la pura verdad! Porque pude ver como grandes hombres han caído porque una mujer los ha seducido hasta perder su reputación, los gobernantes han resbalado, los ministros de Dios, y, en fin, nadie que se escape a su arremetida; pero acerca de lo que mi padre me dijo, no podría ser posible, pues la mujer para mí es el símbolo de pureza de la creación.

Por eso, cuando algo opuesto a lo que mi corazón se inclinaba me sucedía; inmediatamente le preguntaba al ser desconocido y poderoso llamado Dios, para que me indicara, me revelara y me dijera, porque me sucedía, lo que estaba aconteciendo; pero yo esperaba escuchar la voz audible y tenebrosa, gruesa y de mando, sin embargo, no era así; porque en el remanso de mi propia conciencia y a mi corazón, llegaba una paz que doblegaba todo mi ser y como alucinado me quedada quieto en mis reflexiones y meditaciones.

Pero, eran tan profundas, que en los lugares más solitarios donde me encontraba en el barrio pueblo nuevo de Apartadó hasta me olvidaba de mi propia existencia y allí era cuando al reaccionar entendía que el efímero pasado del ayer se desvanecía y no quedaban huellas ni aun en el viento; pues solo vivía para contar las acciones de ese momento, allí estaba la respuesta que buscaba a mis interrogantes.

El ayer ya no existía, había sido perdonado y no tenía razón de ser. Abría mis ojos y veía a mi alrededor en la naturaleza de que Dios verdaderamente si me había respondido y estaba dispuesto a llevarme hasta el final de ese proyecto el cual el mismo había matizado.

Los peligros de muerte se asociaron para tumbarme y quemar mis metas, tirarlas al río Atrato; pero no fue así, porque al río ya le bastaba con todo lo que llevaba en su cauce y detuvo la única mano de aquel hombre, imposibilitando deshacerse de mí; quizás me le pegué de su mano, y las fuerzas no le alcanzaron para lanzarme.

Ahora, ya es historia, solo recuerdos, ya no hay temor de morir tragado por la corriente de las majestuosas aguas del Atrato, más bien una verdadera oportunidad para seguir creciendo con aspiraciones desafiando su corriente.

Pero, esto no es todo, racismo, aislamiento, desprecio y burla hacen parte de aquellas dificultades por las que hube de pasar en mi niñez; sin embargo, mi destino me estaba abriendo otras puertas, porque el éxito en mi vida dependía de lo que yo quería convertirme y hasta donde yo podía desafiarlo con firmeza y decirle a gritos que estaba equivocado y a esa edad, ninguna de estas emociones negativas de la sociedad serían una barrera para mí que me impidieran continuar explorando y lograr lo que buscaba.

En mis aisladas y solitarias reflexiones, siempre pensé, que debido a que las personas de color negro, tenemos una gran ventaja de creación, es por lo que algunos blancos o mestizos nos miran con odio, o tal vez hace parte de su envidia al querer ser lo que nosotros somos; por ejemplo, la resistencia al sol, la noche es nuestra mejor amiga, somos misteriosos, somos símbolo de nobleza, mucha elegancia y por último la creativa resistencia son nuestros aliados; pero estos atributos no todas las razas las tienen.

De ahí, que para mí es un orgullo, cuando despectivamente me dicen "Trabajando como negro", pues el trabajo ha sido el mejor talento que los afrodescendientes aportamos en el desarrollo del territorio colombiano; pero a su vez lo negro simboliza en muchos el mal, lo impuro, lo maligno, la misma muerte. ¿Vaya que negra mañana, que corazón tan negro, viernes negro? (si; por las calamidades económicas en la crisis de valores del siglo XIX) ..., la viuda negra, mercado negro, y en fin...que pensamientos tan negros; como si fuera poco, hasta el pensamiento es colorido.

También, debo resaltar que quizás por la idiosincrasia cultural colombiana, se ha relegado todos los dichos de mal gusto en ofensa a las negritudes. Memin, hollín, lengua de loro, carbón, negro espanta la virgen entre otros en Antioquia.

Sin embargo, lo que en mi mente se desarrolla y veo ficticiamente es un mundo daltónico en cuestiones de la raza humana, donde blancos, negros, amarillos e indígenas cerremos por un momento los ojos y nos veamos internamente como una creación, con propósitos de ayuda mutua, entendimiento y objetividad.

Pero, es que ya el hombre ha diseñado el mundo que quiere vivir; el odio se ha tomado lo mejor de las razas y lo ha convertido en escoria; por eso, aunque la humanidad quiera dar amor y ser daltónica; ¿siempre habrá un infeliz que saque a relucir todo lo negro que lleva por dentro, si es que lo de adentro también puede tener color y de verdad negro?

6

URABA SU FAMA Y YO

Al pasar de los días, la quimera de los años viejos, trajeron en mi la armonía de vivir en un mundo lleno de vicisitudes; mirando hacia arriba, hacia abajo, a los lados y al frente; pero me olvidé de mirar hacia atrás, pues el pasado ya fue y no existirá en mi calendario.

Intempestivamente, el único pasado ferviente en mi conciencia alumbraba, el Amporá de mis ensueños, queriendo recoger en mi regazo, todas las estrellas y los planetas para obsequiárselas al mundo y ver con este gesto una nueva cultura de reconciliación. Así que, desde Urabá es ahora donde mis reflexiones han sido recordadas; pero ya era cerca defínales de la década de los 60"s.

Fue desde allí, desde la población de zungo dónde mis padres partieron cobijas, cada uno por su lado quedando yo por medio sin saber a qué lado tirarme; pero ganó el afecto por mi padre, allí me quedé con él; mientras mi madre se fue sola para Apartadó. Mi padre dejó el contrato de la carretera al mar como capataz y trabajaba de palero abriendo canales para desaguar las plantaciones de banano. Mientras él iba a sus labores diarias, yo asistía a la escuela de enseñanza militar.

Lo duro de esa época, era que los fines de semana, mi padre se iba de parranda para la población de Apartadó, y yo me quedaba solo en el rancho de alquiler. En ocasiones la desesperación de esperarlo, no me dejaba dormir en la pieza sin puertas y pedía posada donde un amigo de nombre Marcelino, muchas veces me permitían quedarme por permiso de sus padres y otras veces no; decía don Domingo su padre; no señor pa' eso usted tiene su casa y padre; entonces era cuando tenía que irme a dormir en la soledad en compañía del silencio de la noche, los grillos y los bichos de la oscuridad.

Pero esto, no era mayor problema, pues cavilando en mis pensamientos, podía sentir la presencia de mucha compañía a mi alrededor, meditando y reflexionando me quedaba dormido o soñando despierto, viendo los mismos seres que me llevaron al cielo en aquella época, como me daban fuerza, confianza y me susurraban al oído, caminaban a mi alrededor, me hacían reír cuando no era tiempo de reír y amonestaron con regaños a la tristeza de la madrugada.

Cierto fin de semana, decidí nunca más pedir posada y la costumbre se hizo en mí, pues aprendí de mi padre que " el hombre es un animal de costumbre " y un domingo por la madrugada escuché a mi padre llegar; yo me hice el dormido y él se acostó en el suelo, noté algo raro en él; cuando no despertaba por la madrugada a hacer su desayuno para irse a trabajar, me levanté y descubrí que tenía una herida en el rostro y aun vertía sangre, lo voltee y le eché café molido en la herida al tiempo que unía las dos partes y la sangre se coaguló.

Un poco después, le quité la camisa como pude y el pantalón y los eché en un balde con agua y empecé a lavarlos hasta que ya no salía roja el agua. Con su camisa lo limpie y aun no despertaba; pero la esperanza que yo tenía era que el respiraba aún; ¡pero eso sí! Mucho alcohol, yo le abría los ojos; pero no respondía. Esperé hasta que el día aclarara un poco y lo seguí moviendo diciéndole: ¡Servando, Servando, Servando! Despiértese; porque yo nunca a prendí a decirle papá, solo lo llamaba por su nombre.

Luego, lo moví de un lado a otro y bregué con él con las pocas fuerzas de niño que tenía, sentía mucho susto de verlo así. Posteriormente, empezó a volver en sí, y ni siquiera sabía que estaba herido, solo cuando se pasó la mano por la cara y se encontró con un poco de café bien pegado en la sangre coagulada. ¡Se paró! ¡Me miró! Y sin palabras como si nada hubiera pasado, empezó a hacer la olla con agua de panela y a decirme que me alistara para ir a la escuela.

yo estaba Intrigado, por saber que había pasado con mi padre, cómo había sido herido y al cabo de muchos días ayudándole a recoger la tierra, cuando el abría los canales; escuché que le dijo a un amigo palero, que había sido una gran pelea, la que había tenido, por la cual todavía tenía el recuerdo de esa herida en su mentón; pero que como estaba tan borracho no se acordaba de lo que pasó; pues cuando llegó la policía el salió corriendo por entre las bananeras hasta llegar a la población de zungo.

Allí fue cuando a mi edad, concluí que para sobrevivir tenía que aprender a vivir intensamente cada minuto de mi vida por caminos diferentes a los que estaba viviendo y con ejemplos y acciones menos dañinas para mí y para la humanidad.

Así mismo entendí, que el mundo nos abre sus puertas de abundancia para todos los seres humanos; pero hay algunos que no les importa lo que el mundo ofrece y su indiferencia hacia él los hace ser seres inclementes y sin remordimiento ni respeto a la vida de sus semejantes, terminándola sin escrúpulos y enfrentándose a machete o cuchillos; simplemente matándose unos a otros y es allí cuando las puertas son cerradas.

A la edad de 11 años, observé la vida como una oportunidad de cada día. Deliberadamente quise internarme en el desierto creado por mi conciencia. El pesimismo y la incertidumbre fueron mis primeros adversarios; así que mientras el calor de medio día se hacía aparente yo seguía quemándome los pies descalzos como al principio de mi infancia; pero no por placer sino por la búsqueda de conocimiento al caminar recordándome de donde vine, como vine y porque tenía que seguir luchando.

Allá a lo lejos divisaba un oasis de ternura, entendimiento y complacencia y corría a todo dar con lo poco que quedaba de mis fuerzas ya desfallecido, para ver si con este último aliento, alcanzaría el refugio, el confort, la buena vida.

Pero desorientado en medio de no sé dónde; mi esperanza puse en el oriente y otra vez mi enemigo el pesimismo me hizo devolver; ¡puntualizo!; allí solo encontraras penumbras, es inalcanzable, lo que buscas. Me volví entonces hacia el norte y la incertidumbre me salió al encuentro manifestando su apatía; ¡uhhh, exclamo!, el costo te será muy alto, perderás parte de tu identidad; te esclavizaras a ti mismo y añoraras volver al desierto, porque tendrás muchas cosas materiales; pero seguirás vacío y como sino estuvieras nada; me anticipo.

Sin saber acerca de mi futuro, en aquella edad, ya mi conciencia me había revelado, lo porvenir; me preocupaba cómo algunos adultos tan siquiera les importaba vivir su propia vida.

Se sentían abandonados de sus propios ideales y cómo vivían a la deriva, la llevaban sin metas y sin rumbo conocido; estaban en alta mar en un bote sin motor y sin marinero, esperando el soplo del viento y el empuje de las olas, solo mirando hacia qué punto cardinal los llevaría y sin prepararse para el estrellón, si en el arrecife de corales o en la verdadera roca formada por la arena, o quizás mar adentro donde solo agua y cielo podían disfrutar.

¡Eran ciegos adultos! Hombres y mujeres, viviendo en la miseria de cada mañana, de botella de aguardiente, ron o cerveza y del duro sonar de aquel equipo de sonido marca Sony que alegraba sus días.

¡Hombres entre placeres de mujeres de piel en piel, propagando enfermedades venéreas a su paso, sin temor de morir en vida y con el solo deseo de ser lo que son por el día de hoy, mañana no les interesaba un comino!

Para mí la vida es; vivirla con sabiduría, entender la naturaleza y llenar los deseos del hombre usando el cerebro y no la fuerza bruta, porque este es el mal que agotó a mis ancestros.

Creciendo en este ambiente, sin ese adulto a mi lado que plantara la semilla en mí de buenos ideales solo viendo cada despertar rutinario del trabajo en el campo, buscaba día a día y le pedía al Dios sin apariencia humana de mi imaginación, que abriera mi mente, mi nemotecnia, para así memorizar a largo tiempo, las tareas y los temas escolares esforzándome más y más cada día por aprender sobre lo desconocido, las matemáticas, el lenguaje español, la educación cívica y moral; temas estos de mucha importancia decía mi profesor Flores para la vida.

Yo no quería vivir el ejemplo de mi padre; pero si quería imitar su valentía, porque a mi edad ya había aprendido que, en Urabá, no vivían los que querían, sino los que podían soportar mentalmente la arremetida del crecimiento critico regional; quizás era la ironía cultural desenfrenada de que siempre al "pendejo se lo comían vivo y con los débiles limpiaban los pisos". ¡Por eso!, cuatro ojos, alerta, paso firme, no demuestres flaqueza, hijo mío, me decía mi padre en sus ratos de desvelo.

Pero, no es que mi padre me haya influenciado para hacer algo malo, al contrario, sus consejos me animaban para no dejarme echar vainas de nadie o que cualquiera quisiera arrojar sobre mí su porquería; sin embargo, estaba en mí, el dilema interno de la conciencia purificada por los seres que me habían transportado a las alturas; ¡tienes que diferenciarte de los demás! Me continuaban susurrando al oído.

La verdad es que en la escuela de zungo no finalicé el año lectivo, porque se terminó el contrato de mi padre y hasta allí llegaron mis sueños escolares. Lo bueno de todo, fue que en mi mente siempre llevaba las lecciones aprendidas. Luego salimos para otras fincas bananeras, donde él trabajaba; continuaba como palero, oficio que desempeñaban la mayoría de los chocoanos que viajaban a Urabá.

Eso era cuando aún las retroexcavadoras no le habían quitado el trabajo a los labriegos y el sistema capitalista no había invadido de lleno el campo Urabaense. En este oficio se caracterizaban varias etapas de trabajo o labores, como eran típicas de la época, el de abrir los canales grandes o principales, los que llevarían el agua a los ríos o quebradas.

Los tres drenajes, permitían adecuar la tierra para la siembra del banano, los botalones los cuales eran canales más pequeños que llegaban hasta los canales grandes y las cunetas las cuales desembocan a los botalones, estas son aún más pequeñas que los botalones, así entonces se garantizaba un verdadero drenaje de la tierra y una mejor preparación para la calidad productiva de las plantaciones.

En todas estas etapas de trabajo me vi involucrado con mi padre, cuando estaba pequeño, yo solo iba para ayudar un poco en las épocas de vacaciones escolares o cuando no estaba estudiando por alguna causa durante el año; mi padre iba abriendo la tierra y yo iba recogiendo y tirándola hacia arriba, a los lados del canal, el botalón o la cuneta.

Cuando los canales, los botalones y las cunetas estaban sucios y con mucha sedimentación, maleza o hierba, se contrataban a los recabadores los cuales volvían a mejorar el desagüe apropiado de la tierra.

La forma de pago de este trabajo era bien complicada para mí, a mi edad, porque los paleros tenían que aprender a cubicar, es decir la operación matemática usada para saber exactamente, cuantos metros y centímetros se habían terminado. Mi padre media el largo por el ancho por el alto y como la base siempre era más pequeña, tenían que tener en cuenta todos estos detalles, para no dejarse "Tumbar" como decía mi padre, por parte de los capataces o contratistas quienes siempre trataban de "Tumbar" a los paleros, si estos no eran diestros en esta operación matemática.

Si alguno era "Tumbado" en los metros o centímetros que les quitaban a los paleros, especialmente los contratistas se los cobraban completitos a los administradores de las fincas.

En fin, cada cual como siempre buscando la manera de quitarle a los mas en desventaja, el mismo baile de la vida; ¡los peces gordos, tratando de comerse a los más debiluchos! O como muchos decimos el refrán "¡Las gallinas de arriba, cagándose a las de abajo", la pura verdad!

El trabajo en las Bananeras del Urabá Antioqueño, es la gran oportunidad para subsistir, en el cual las necesidades básicas de los labriegos son satisfechas, especialmente vestido, alimentos y lugar para vivir; aquí es donde me di cuenta que para vestirse no se necesitaba mucho dinero porque estaban los que vendían ropa de segunda, los mercaderes; el mercado informal que también hacia su agosto en esa época y ese era parte de mi vestir, me invadía mucho la felicidad cuando mi padre compraba esas camisas, pantalones y zapatos de segunda; me los ponía y me canchaban bien.

No había malicia, no insatisfacciones; todo era lo que papá (Servando) decía y hacía, sin reclamos ni pregones. En esta época aprendí a ver mi vida, como una oportunidad de subsistencia; comer lo que se encontraba en el camino, dormir como se pudiera y vestirse sin importar, calidad, moda o marca.

Esta vida es buena para muchos, cuando se conforman con todo, y cuando todo lo que pasa a tu alrededor no les importa como decimos por mi tierra, "ni me va, ni me viene"; y están como los pollos del campo, donde por estar picoteando, no se dan cuenta que el zorro está cercano y solo sienten es la arremetida encima.

Es decir, apenas tienen oportunidad de cacarear una vez y quedan las plumas, pero ese no era yo, yo si tenía en mi mente, lo que quería para mi vida desde muy temprana edad. Sabía, que había sido creado para hacer algo más que tener un machete o rula, un hacha o una pala en la mano y vestir de la sobra de los demás o lo que ya no les gustaba, no sería parte de mi futuro.

Creía, que podía haber una mejor vida para mí y por eso siempre me esforzaba en hacer preguntas sin respuestas de mi padre, me preguntaba si sería posible ver el sol y la luna en otras partes del mundo al igual que yo los veía allí donde me encontraba parado en las noches del campo, si era verdad que cuando veía la luna la figura que yo observaba dentro de la luna era Jesucristo y un asno, pues eso era lo que me habían enseñado.

Siempre pensaba, que lo que estaba ocurriendo en mi vida en esa época solo era por una temporada, porque los mejores días los vería llegar. En mi mente soñaba despierto y cuando dormía soñaba volando por encima de los árboles y las personas en la tierra firme se admiraban de verme volar.

En mis sueños me veía caminando o corriendo y al poco tiempo empezaba a sobreponerme, cruzando ríos cristalinos, llegando a los abismos y tirándome; pero luego de ir bajando, mis manos se convertían en alas como de águila y remontaba otra vez el vuelo hasta encontrar la cima; ¡mientras los que me veían, quedaban sorprendidos, atónitos!

En dichos vuelos nocturnos, mientras mi cuerpo descansaba; mi espíritu, se remontaba a conocer muchos lugares. Conocí algunos sitios, los cuales los podía ver al mes o quizás al día siguiente, visité el cielo, lugar sagrado donde el creador al verme me dijo: "No te desesperes por ser libre físicamente, pues eres libre en mi espíritu, por eso estas conmigo".

Descendí también a lugares sin termino, sin fin, semejantes a los laberintos de mis pensamientos, a decir verdad, he tenido tantos viajes que podría filmar una película de ficción la cual titularía "El espíritu caminante" o tal vez "un viajero espiritual en libertad".

Al día siguiente, de mis viajes nocturnos, después de hacer y ver cosas lindas, ayudar a la humanidad y sentirme en armonía; siento mucha paz; paz que no se compra ni se vende en cualquier lugar, porque es paz con sello de libertad.

Todo esto lo guardaba en mi corazón, al tiempo que pensaba, en que seguramente, el transcurrir del tiempo, me mostraría, la oportunidad de volar en busca de la libertad negada por el hombre; ¡pero otorgada por el creador cuando me formó en el vientre de mi madre, yo solo tenía que descubrir cómo ganármela!

Nunca me conformé ayudando a mi padre en los trabajos del campo, porque entendía que esto sería muy duro para mí; el trabajo material, no estaba en mi agenda; sino el aprender otras cosas en las cátedras educativas, por ejemplo, cuando iba al pueblo vendía los periquitos o azulejos o los turpiales pichones que cazaba y con el dinero compraba revistas de Kaliman y Arandú, las cuales, aunque sin saber leer muy bien, miraba los dibujos y así me imaginaba lo que decía.

Mi afición por estas revistas creció tanto que aprendí a leer más rápido de lo que creí. Al leer dichas revistas, lo hacía como en la escena de la acción que veía en los dibujos y por cierto era así. ¡Cuando mi padre se dio cuenta que yo expendía más tiempo leyendo revistas que haciendo tareas, me las rompió todas! Yo creo que quizás mi padre pensaba que mi futuro estaría en el machete y la pala; pero no era lo que yo pensaba.

Para el año 1971 me fui a vivir con mi tío, el hermano de mi padre a la vereda Vijagual donde había una escuela, allí me matriculó y comencé a estudiar el año segundo de primaria. El profesor Santa cruz me enseñó lo que vale el respeto y la convivencia pacífica con los demás en sus lecciones de educación cívica y moral (del escritor Delfín Acevedo); pero fue en vijagual donde me enloquecí por primera vez.

Recuerdo, que cierto día me dio mucha fiebre ocasionada por estarme bañando en el río Vijagual y llevando sol en sus playas, es decir; me asoleaba y me tiraba a bañar en sus aguas de la creciente, de la misma manera como lo hacía en el Baudó y el Amporá; después de muchas horas de bañarme, me comenzó, la calentura de fiebre.

Súbitamente, estando mi tío en la casa, yo salí corriendo de noche a tirarme al río, porque según mi mente me decía que tenía que hacerlo a las 10 de la noche. En un pueblo donde no existía energía eléctrica sino las luces de los mechones de lámparas hechas a base de petróleo y en un frasco de vidrio; se suponía que todo estaba oscuro.

Sin embargo, mi tío me cogió con fuerza y cuando me vio hablando disparates, a esa hora, se fue a la carretera a esperar al primer chivero que pasara y nos embarcamos con rumbo al hospital de la población de Apartadó.

Allí, le dijeron que yo estaba muy débil y que mi cerebro tenía problemas, que hasta hoy no supe cuáles. Mi tío se veía preocupado por mi enfermedad; ¡pero al mismo tiempo se reflejaba, la ira que tenía contra mí, porque muchas veces me decía, Elin, no se vaya a tirar al río a bañarse tanto y llevar sol! Porque te puede dar calentura y si te veo en eso te daré una "cueriza".

Los médicos me mandaron a comer mejor y a cuidarme más. A esa edad, por un oído me entraban los consejos y por el otro salían, porque yo no les paraba muchas bolas a los demás, incluso ni a mí mismo tío. Yo hacía solo lo que mi mente me decía que hiciera. También en vijagual, intenté ser futbolista y mi posición era de ser arquero; pero todo fue hasta que un compañero de estudio mayor que yo de nombre "Santoro" me lanzó un balonazo a quemarropa, lo encajoné y quedé privado con el balón agarrado y tirado en el suelo.

Después de este desmayo fue la otra oportunidad, para llevarme una pela por mi tío; pero también me la perdonó. Olimpo, fue mi mentor en Vijagual, a falta de padre y madre en aquel tiempo, él se encargó de mi educación, como si fuera uno de sus hijos.

En ese año escolar, la enfermedad de erisipela me tenía infectados los dos pies, me llevaba mi tío al médico, me aplicaban inyecciones de penicilina y no me curaba, parecía un llagoso, porque los pies estaban hinchados, me echaban materia, pus y cuando me vendaba, se levantaba toda la piel y quedaba la carne viva y roja.

Sentía mucho dolor y picazón, por primera vez en mi vida, sentí miedo de morirme o quedarme sin pies y sin haber hecho lo que mi mente y mi corazón tenía planeado alcanzar.

En muchas ocasiones, aun sin conocer mucho del Dios de mi imaginación, solo le decía "padre, aun no me lleves, mira cuanto he avanzado en la corta vida que me has dado; dame un "chancecito más" y al otro día, seguía con entusiasmo y optimismo por la vida; pero aun "mataperreando, a orillas del río y caucheriando ".

Fue desde Vijagual, cuando el corazón, empezó a salírseme del pecho de donde estaba escondido y se la tiro de relucido, para buscar intentar amar a una muchacha de mi edad. La "Mona", sin saber que decirle solo que me gustaba y así comenzaron los intercambios de miraditas inocentonas en el salón de clase, yo no quería despegarme de ella ni ella de mí; ¡pero sin picardías infantiles, el afecto de adolescentes, sano y sin pedir nada a cambio!

Dicha simpatía entre los dos duro muy poco, porque aun mi corazón no estaba preparado para amar a nadie, sino a mí mismo en un egocentrismo infinito. Pero la verdad fue que los problemas en mis pies me hacían sentir vergüenza, pena y tristeza; pues sentía que aun tan buen mozo como yo me creía, las llagas en mis pies me impedían abrirme campo en el amor de verdad.

¡Así como empezó, también terminó!, mis metas estaban bien escritas en aquel órgano vital que hace parte de mi existir creo que con letras de oro bien refinado y de 18 quilates al estilo chocoano, porque cuando venían a mi mente, las hacía casi que reales y lo que yo quería alcanzar era ser profesional sin importar el área científica, solo adquirir mucho conocimiento y si alguien aun el amor quería impedírmelo, tendría muchos problemas conmigo, pues no le daría entrada y así fue.

Luego de terminar el año escolar, volví al lado mi madre, quien vivía en la finca bananera el "Retiro" donde trabajaba; la cual cuando me vio llagoso en los dos pies se compadeció mucho de mí y empezó la etapa de curaciones, lavados, vendajes y medicinas caseras.

Para buscar la sanidad de mis pies a punto de perderlos y ensangrentados a cada rato, usábamos de muchos remedios tradicionales. Sin embargo, eran de gran problema porque sin querer queriendo me iba a jugar futbol y cada que pateaba el balón, precisamente me lastimaba; pero así seguía jugando, hasta que el dolor y la sangre que brotaban mis pies era más intenso que los deseos de darle al balón.

Como la medicina a veces pareciera que no me hacía provecho, continuábamos oyéndole el consejo a los hierbateros, curanderos y sabihondos, quienes decían que cogiendo un sapo y sobándole la barriga en la herida de la erisipela, esta se sanaría, así lo hacíamos y antes más infecciones me daban. Desistimos con mi madre de aquel remedio; pero luego nos dijeron que, con la Santamaría de Anís, las hojas para ser más preciso me curarían.

Entonces hervíamos muchas de estas plantas y me amarraba los dos pies totalmente cubriéndolos con hojas verdes y echándole el polvo de la penicilina encima y esto me curó por completo.

Ahora, solo me quedaron las marcas por donde pasó la enfermedad. Esos dos pies que por descuido casi pierdo, fueron los que con el tiempo me dieron la gran oportunidad de ser uno de los primeros atletas de carreras de fondo y semi-fondo en la región, dejando huellas en los cientos de kilómetros recorridos en los entrenamientos y competencias ganadas. Fue así, como me le escapé al acoso nostálgico del tiempo, encontrándome con la ternura y el cariño de mi madre; el deseo en mí me dio poder y el poder lo convertí en arma para amarme a mí mismo y darle mucho amor a mi madre.

Me decía con tesón y en palabras breves con un lenguaje casi que pintoresco y solícito, que yo podría lograr todo cuando subiera a mi corazón, pues no habría imposibles, cuando el deseo se convierte en fuerza poderosa. Mi Dios imaginario, le tocó el corazón a mi tío Olimpo y le permitió que me ayudara durante el tiempo que viví con él en la vereda vijagual, porque desde allí, también aprendí, de que no importara por lo que en mi vida se estuviera presentando, esta era una brecha, un nuevo camino, una nueva oportunidad o un empujón positivo en el logro desesperado de mis metas.

La estadía con mi tío y su familia me enseñó, de que los nexos familiares en los Rentería formaban un duro cordón irrompible en la formación y crecimiento de cualquiera de nosotros y recibí con aprecio, los tiempos compartidos, sus consejos, una que otra pela y su paciencia. A pesar de todo cuanto se opuso a mi desarrollo emocional como jóven; pude sortear esas barreras y contratiempos con diligencia, humildad y valentía. Estos tres aspectos fueron de gran valor para sostenerme vivo, con fuerzas y aliento para seguir viviendo con interés cada día.

Todos esos tropezoncitos naturales, esas zancadillas de la humanidad, las pequeñas pruebas, las trampas sociales y el horno sazonador del Urabá en desarrollo, no fueron suficientes para coartar mis propias aspiraciones, porque aun sabía a esa edad que todavía tendría que pasar algunas zonas desérticas, pues ya había cruzado varios ríos en el trayecto de mis doce años de edad, aun había mucha tela por cortar, así que tenía que mantenerme con los ojos, oídos y sentidos en posición de alerta para saltar y escalar el nuevo muro o la muralla que se me presentara en el camino.

Al final de ese camino, en aquellos días, pude vencer la soledad rutinaria, viviendo de paso al lado de mi madre y con más atención, amor y cariño, lo cual me hacía sentir henchido de felicidad y alegría; Bueno; a decir verdad, la enfermedad fue mi mayor compañera para sentir ese gran afecto materno que me faltaba.

Luego de vencer la soledad, ella volvió nuevamente a estar conmigo, ya que no era mi costumbre vivir en comunidad, ni compartir; más bien me gustaba estar en mi propio mundo, entonces allí fue donde realice que soledad y Luis Elin eran buenos camaradas.

Para el año 1975 era una buena vida en Urabá, ya tenía 16 años y volví a vivir con mi padre; se encontraba mucha comida por dónde íbamos porque el propósito de la naturaleza en la región era darle al campesino todo lo necesario para sobrevivir y satisfacer sus necesidades inmediatas y cuando un recurso se iba terminando; allí nos ponía el otro; como en el caso de la subienda de pescado con las crecientes de ríos y quebradas.

En el verano, las lagunas y pozos aun conservaban gran cantidad de peces, de donde nos abastecíamos y también, escaseaban de tantos predadores. Pero, además, llegaba el invierno y allí estaba nuevamente el reemplazo, a través de la nueva subienda de barbudos, boca chicos y doncellas, lo que me decía que la naturaleza producía al ritmo que el campesino necesitaba.

Simplemente, los recursos no escaseaban y era así como en los pueblos cercanos se vendía pescado de agua dulce como de mar y era aún barato, se compraban carne de animales silvestres como la guagua o gua tinaja, gurre o armadillo, los huevos de iguana los vendían en las calles en enredaderas frescos, boca chico salado por arrobas, así mismo otros pececillos como la doncella, el bagre pintado, la mayupa y la mojarra.

En semana santa cogíamos tortugas o jicoteas de las ciénagas para hacer el arroz con y sin coco. Y los costeños y monterianos les gustaba ir de pesca antes de Semana Santa para tener mucho pescado, jicoteas y arroz en la casa y pasar los siete días comiendo, jugando naipes, trompo, bolas de cristal, juegos como el cucuruba, parques, Gallina ciega, pico y monto y dominó los más sobresalientes.

Todo esto en un mundo de cultura multiétnica traída por los Chilapos y costeños al entorno Urabaense y por cierto los chocoanos también traíamos algo para aportar al andamiaje cultural de la región, como era la procesión al santo Ecce Homo, patrono del chocó los cantos en los velorios y esa franca, sincera e inocente amistad.

Lastimosamente, el nuevo mundo y el cruce de culturas, les daño el corazón abierto a mi gente prieta o a los que el sol o el horno de Dios nos quemó demasiado con su duro fulgor y dizque muy cortésmente los blancos o los que Dios sacó crudos del horno o no dejó mucho en el sol; nos llaman morenos; ¿pero de morenos? ¡Ni pizca!, porque o soy o no soy y entre la raza, no hay medio, o eres negro o eres blanco, y no moreno oscuro como suelen o solían escribir en las cedulas de ciudadanía de mi lindo país Colombia.

Y otros nos dicen “negritos”, con el diminutivo de desprecio social, aunque algunos digan "Es solo por cariño" es verdad, según quien te lo diga. Pero, cuando quieren lanzar su estocada final de racismo acelerado, solo dicen “ese negrito o esa negrita”, para hacer sentir su sentido despectivo y discriminatorio. Si, así es y no tengo que mentir ni inventar ¡La verdad es que “tanto voltea el cántaro” hasta que por fin se rompe”; nos dañaron el corazón! Y nos hicieron perder la inocencia de nuestra raza negra, la nueva cultura de Urabá nos enterró y nos metió en el ambiente de zozobra que querían.

De todo esto hacia yo parte cuando la ocasión se presentaba y aprendía a diferenciar los valores culturales de cada región, como también a las personas, sus creencias, su religión y sus mitos y hasta su odio innecesario y desprecio entre los mismos negros. Especialmente, los Turbeños, decían que la estatua de Gonzalo Jiménez de Quesada expresaba con su mano: “Chocoanos, pa’ su tierra”, ya que esta señalaba hacia río sucio chocó.

Tenemos allá por los entornos de mi tierra un decir “si mi cuerpo, mi mente y mi alma, están tranquilos; toda mi vida estará llena de éxitos” “Paz para mi cuerpo, mi mente y mi alma” o “cuerpo sano en mente sana”. Muchos solo lo decimos para expresar, que nos sentimos contentos; ¡la verdad es que, en el ambiente campesino, solo necesitamos la tierra y todos los recursos de subsistencia, porque lo demás lo ponemos nosotros y lo disfrutamos hasta la muerte!

Con un cuerpo sano, podemos disfrutar cada día en su esplendor; y eso lo lográbamos, cuando, nos alimentábamos con productos netamente orgánicos sin preservativos, los que la madre naturaleza nos ofrecía con todos sus nutrientes, cuando vivíamos el agua de la lluvia, no contaminada por los aviones de fumigación, es más! tan siquiera la hervíamos, tomábamos el agua corriente de los ríos, porque sabíamos, que no estaría contaminada, por las aguas negras que caían de los alcantarillados de los pueblos a los ríos. Ese cuerpo sano, siempre estaba en los tiempos en que aun si se podía vivir en medio de la naturaleza.

Así mismo, nuestra mente, solo estaba concentrada en cómo vivir un día más, en las tareas diarias, en la eficacia de cumplir con el deber de padre y esposo o madre y esposa, en criar a los hijos con principios morales, respeto y cariño.

Desde luego, que nuestra mente, no estaba diseñada en esa época para pensar en los problemas de orden público, en la zozobra o en el temor de lo que el hombre nos fuera a hacer; de allí que las casuchas o los ranchos eran hechos sin puertas, así, abiertos, porque no había nada que temer, ni nadie a quien temerle; solo a los animales, a los otros bichos, que la naturaleza ofrecía como los alacranes, los gusanos de pollo, las serpientes y uno que otro murciélago , los que por las noches llegaban a saciarse de un poco de sangre.

¿Sin embargo, de las balas, de los machetes, cuchillos y las motosierras de los paramilitares, para cortar en pedazos a los campesinos? ¡No señor!, de eso no nos preocupábamos; ¡nuestra mente, tenía oportunidad de focalizar buenos pensamientos, el temor y el odio no eran parte de nuestra agenda labriega!

7

LA VIDA EN URABA

Los alimentos eran baratos, porque con tanta abundancia de pescado en las quebradas y ríos, solo debíamos buscar la hierba de nombre Chirrinchá, la cual se machacaba para matar los peces y en Urabá la hierba llamada Salvia o barbasco eran maleza.

Con mi padre íbamos al monte, cogíamos dos bultos de hojas de salvia, la machacábamos, la echábamos en un costal e íbamos a los pozos de las quebradas y a veces a los ríos, e iniciábamos el proceso de cernir en el costal esta hierba machacada y al rato era solo motivo de esperar cuando los pececillos salían como locos, brincando de un lado a otro, porque el veneno los intoxicaba.

En otras ocasiones solo cogíamos el anzuelo, la atarraya o el chinchorro e íbamos a pescar, o simplemente atravesábamos el trasmallo de un lado al otro del río y ya estuvo la cena lista.

Por último, con mi padre nos gustaba buscar en las quebradas los pozos donde hubiera árboles con raíces en el agua donde creíamos que había mucho pescado y tapábamos la parte de arriba y abajo en un largo de unos 5-10 metros y empezábamos a sacar el agua hasta que quedaba seco y los peces quedaban descubiertos, allí solo era recoger todo lo que encontrábamos, esto lo llamábamos "Achicar Pozos".

En otras ocasiones íbamos a lo que llamábamos "Embilar o Mechonear", lo cual consistía en ir en el verano por las quebradas o ríos medio secos con unas lámparas de petróleo a eso de las 12 de la noche o 1 de la mañana, alumbrábamos en el agua en donde encontrábamos a los peces en la superficie quizás durmiendo, los cuales quedaban encandilados por la luz y luego con el arpón o la flecha o con el machete los cogíamos.

Las flechas las hacíamos con dos o tres pedazos de hierro no muy grueso bien puntudos amarrados en el extremo de una vara larga de unos dos metros, derecha y liviana. Para esos tiempos no se sufría por alimentos porque la madre naturaleza nos brindaba lo mejor y el banano y el plátano eran gratis, así que las familias no sufrían hambre.

Realmente, en donde llegábamos, siempre criábamos unos dos pollos y varias gallinas, las cuales nos suministraban esos preciosos huevos montañeros para el desayuno y deliciosos sancochos cuando eran ocasiones especiales. Sembrábamos, varias raíces de plátano y banano, las que se iban multiplicando, al transcurrir de un año ya teníamos cosecha.

Y de la caza de animales silvestre, ni pensarlo mucho; esto es lo que mi padre me enseñó: En lo relacionado a la cacería de venados, observábamos detalladamente, los caminos por donde siempre pasaban. Luego, donde encontrábamos algún obstáculo, especialmente un árbol atravesado o algo en lo cual tuvieran que saltar, entonces era allí donde hacíamos un hueco en la tierra exactamente donde ellos pisarían, así que cortábamos un pequeño árbol bien flexible y resistente y al final de este le amarrábamos un bejuco muy fino o lienzo.

A decir verdad, nos gustaba más el bejuco porque era más natural, luego enterrábamos separado del camino el extremo del árbol a unos 2 metros de profundidad, lo doblábamos al máximo y en el bejuco, hacíamos un nudo corredizo y armábamos una especie de trampa en el hueco en la tierra la cual sostenía la tensión del árbol.

Cuando los venados pasaban; el primero que brincara ponía en el hueco sus dos patas entonces la trampa se disparaba tensionándolo hacia el aire y lo amarraba; luego era motivo de ir a cogerlo vivo, matarlo y comer por un mes carne de venado.

Así mismo, con los armadillos, solo era buscar la cueva en tierra que estuvieran, verificar si era fresca, luego dar varios golpes unos tres o cuatro metros adelante y entonces el armadillo si estaba en la cueva vendría caminando hacia atrás, allí poníamos un costal y lo cogíamos vivo, o para venderlo en el pueblo de Apartadó o comerlo.

Debo resaltar, que los arboles frutas como: las guamas, churimas, mangos, anones y guayabas eran silvestres o por lo general podían encontrarse en cualquier potrero. Las churima y las guamas nacían a orillas de los ríos o quebradas y no era si no ir a coger en la época de cosecha. Los sembrados más comunes en las fincas pequeñas especialmente en la de mi padre eran: yuca, plátano, banano, guineo, mango, aguacate, cebolla de rama (en las azoteas), tomate, caña de azúcar y piña.

En cuanto a la caña de azúcar; mi padre construía los llamados trapiches usando dos pedazos de palma de huerregue o la que llaman corozos, allí solíamos moler la caña y el líquido salía por un lado y el bagazo por el otro, con lo cual hacíamos agua de panela, guarapo y hasta destilaba aguardiente o algo llamado biche, lo cual tomaba como licor.

Todo esto también lo hacíamos con la cáscara de piña, se echaba en un recipiente con agua y con panela, luego se dejaba por varios días tapado fermentando y cuando ya se añejaba, entonces o se tomaba como refresco o se echaba en una hoya grande u otro recipiente bien tapado, se le hacía un hueco, le colocábamos una manguera corta de un metro o más, luego la poníamos al fuego evitando que el vapor saliera y cuando empezaba a hervir por un lado salía el alcohol líquido o destilado.

Bueno, Sobre algunos utensilios, para usos domésticos tampoco nos varamos mucho, porque existía el árbol de totumo, de donde hacíamos desde cucharas hasta vasijas para tomar agua y platos o recipientes para echar la comida, así mismo le dábamos uso a las calabazas silvestres y la concha del coco para hacer una que otra cuchara, como también de madera.

Con los galones de aceite o las latas de Manteca de cerdo, almacenábamos agua de lluvia o de pozo, para consumo doméstico, así como las tinajas echas de barro. Comíamos cogollo de iraca con huevo revuelto el cual era de gran alimento, plátano asado maduro o verde, yuca asada al rescoldo del fogón de leña o simplemente cocinada con sal y pescado salado. La carne la consumíamos curada, seca, salada, ahumada o fresca, lo mismo que el pescado.

¡Cuando le diga! Qué tiempos aquellos donde la naturaleza nos regalaba todo y nunca nos preocupábamos por tener mucho; pero la felicidad se reflejaba cada mañana con el nuevo amanecer y el canto de los gallos a las 5:00 a.m; el sonido del rugir de los monos, los titis, la desbandada de los loros, periquitos, y muchas otras aves y animales silvestres anunciando la algarabía de una estupenda mañana.

De mi parte, solo pensaba levantarme temprano, a eso de las 6:00 a.m para la acción cotidiana de ir a "pajarear' los mismos que me habían hecho despertar con su algarabía, su euforia y su alegría de aquel magnifico día; a los loros, a las guacamayas y las catanicas, quienes en cientos le caerían a la cosecha de maíz, para comérsela en un día, si no había alguien haciéndoles bulla en el campo, o si no se hacían disparos al aire.

Estos pájaros eran bien inteligentes, cuando los echaba de un lado, se iban para el otro, cuando llegaba hasta donde estaban, volaban hacia el otro extremo de la cosecha; así que era un ejercicio cotidiano que nos ocupaba todo el día, turnándonos entre los miembros de la familia.

¡Pero qué ricos también eran cuando mi padre, les disparaba con su Can (escopeta artesanal) y caían dos o tres, para luego desplumarlos, arreglarlos bien y comerlos guisados! ¡Qué ricura! Las ardillas también hacían parte de este escuadrón de dañinos, compitiendo con nosotros por el grano de maíz.

Había que armarse de paciencia, para correr tras ellas, persiguiéndolas de árbol en árbol, las cuales hasta se burlaban, porque se montaban en las ramas más altas y desde allá, solo las veíamos disfrutar su mazorca de maíz. ¡Bueno! ¡A veces, pagaban por su imprudencia, porque también terminaban cogidas por los perros en sus descuidos!

En cuanto a la vivienda, era lo de menos; donde llegábamos los nómadas paleros, allí se armaba un rancho, con toda la madera que encontrábamos en el camino; es decir, no necesitábamos serruchos ni martillos, ni mucho menos clavos, solo mi padre tenía su hacha y su machete y con eso nos íbamos a cortar los árboles pequeños y grandes para armar el rancho.

! La cama era lo de menor preocupación, porque para eso estaba la palma de corozos o huerregue, y la guadua, la cual mi padre iba picando nítidamente hasta convertirla en una especie de alfombra, a la cual solo se le ponía encima una cobija y punto.

Si usted, amigo lector se pregunta, bueno; ¿Y cómo pegaban, la madera para construir los ranchos? Ni modo, nada difícil, mi padre conocía unos bejucos, los cuales eran más fuerte que los propios clavos, se amarraban todos tan fuertes, que no podían desprenderse.

Bien, el techo lo hacíamos de las hojas de palma, iraca y hojas de bijao. Le estoy hablando en nuestro lenguaje campesino. Así mismo, estaba también el árbol de lana con la cual llenábamos las almohadas.

Vivíamos súper felices, solo esperando cada día para disfrutarlo en todo su esplendor. Lo más importante en esa época era la inocencia del hombre labriego o el palero; dormíamos de seis a seis, al compás de las gallinas y eso sí, no podía faltar el reloj que, con su Quiquiriquí de la madrugada, estaba listo para empezar la producción.

Por medicina, no nos preocupábamos mucho, porque toda la adquiríamos en el campo, las plantas, las cortezas de árboles, y en ocasiones las creencias y rezos divinos eran los elementos preciados de sanidad.

De Verdad, a pesar de que vivíamos a la intemperie, descalzos, sin camisa, con pantalones cortos, bañándonos en los pozos de aguas detenidas, a veces con aguas sucias de las crecientes de los ríos o quebradas, nunca sentíamos preocupación por que nos fuera a hacer daño; pues todos los anticuerpos ya obtenidos no permitían a los virus y bacterias hacer su papel; solo vivíamos y disfrutábamos cada día con plena libertad, desde que cantaba el gallo a las cinco de la mañana hasta las seis de la tarde cuando empezaba a oscurecer.

El repelente contra los mosquitos era el comején prendido y el humo y el olor hacía que se fueran; solo en ocasiones hervíamos el agua sacada de los pozos para tomar; pero la mayoría de las veces recogíamos agua saludable y limpia de lluvia en una caneca y tomábamos directamente agua del cielo y por cierto tenía todos los elementos nutritivos que necesitábamos.

En cuanto al agua de lluvia, para mantener el sabor y frescura, hacíamos un hueco en la tierra y poníamos una tinaja de barro llena de agua bien tapada y permanecía fría y sin caerle gusarapos u otros insectos o larvas.

Pero esto no es todo, Lo cierto era que no nos enfermábamos mucho, solo la gripa nos acosaba de vez en cuando; pero si por si acaso, la enfermedad llegaba; en la naturaleza encontrábamos la cura y hasta para el aseo personal.

Para el dolor de cabeza, mi padre cortaba varias hojas de la planta llamada Santamaría de Anís o Santamaría boba, la machacaba muy bien hasta quedar una masa verde y luego con un pañuelo, se ponía en la frente hasta que el dolor era inexistente.

Otras veces, rayábamos papa y con un pañuelo o pedazo de trapo lo amarrábamos también en la frente y el dolor de cabeza era curado al cabo de media hora o menos. Para la gripa, tomábamos limón, panela, agua, jengibre al que llamamos "angigible", limoncillo y también la albaca blanca; luego se partía el limón en cuatro pedazos, lo cocinábamos con todo y cáscara, le echaba angigible en rodajas y varias hojas de limoncillo con un pedacito de panela tomábamos un vaso del líquido y nos tapábamos con dos cobijas hasta sudar bastante, se repetía el proceso unos tres días hasta que la gripa se curaba.

Así mismo, cuando la fiebre nos llegaba, lo que hacíamos era coger hojas de un árbol llamado mata ratón, con el cual se combatía también el dengue y la viruela; se hacía un baño con las hojas bien machacadas hasta que el agua quedaba verde y se calentaba al sol o en el fogón, luego alguien se subía en una parte alta y se hacía lo que llamábamos un baño “chorriao”.

Para este tipo de remedios, el agua debería caer directamente en la corona de la cabeza, luego el enfermo se secaba y se acostaba bien cubierto acostado en hojas frescas de mata ratón, y de guineo o plátano con esto la fiebre mermaba su temperatura y se iba huyendo, buscando quizás otro cuerpo con menos defensas donde meterse.

Para el dolor de estómago, hacíamos bebidas de albaca y canela; la llamada hierba de pozo que crece por encima del agua en los estanques en varias tomas, así mismo el zumo de limón con sal, paico amasado, la verbena y la verdolaga, la amasábamos y tomábamos el agua una vez colada, también la raíz de angigible, solo bastaba un pedacito masticado y tomarse el sumo y ponerse algo debajo de la lengua para matar los virus.

Pero, además, también nos purgábamos dos veces al año y para ello tomábamos un poco de leche de higuerón con lo cual botábamos los niños hasta la última lombriz que hubiera en el intestino y otros parásitos. Para combatir el Sarampión, recogíamos boñiga de vaca, la amasábamos muy bien, luego se colaba y se sacaba el sumo bien coladito, se podía tomar puro o con una sopita de agua de arroz y se le echaba el poquito de sumo de boñiga, con varias tomas de esto por seguro que la mejoría se veía inmediatamente, la boñiga era usada para combatir la varicela y la infección denominada Erisipela la cual casi me roba mis dos pies.

Las heridas de los pies, (porque por lo general andaba descalzo) me las curaba mi padre con limón directamente en la cortada, era duro el dolor; pero desinfectaba y sanaba súper rápido. Así mismo, había un árbol llamado balso, el cual en su interior en todo el centro tiene una parte esponjosa; bueno esa esponja o llamado corazón lo sacábamos y lo quemábamos, luego se sacaba el polvo y se lo echábamos en la herida para que sanara más rápido, así mismo para estancar las heridas menores se acostumbraba a echarse café molido, costumbre seguida en muchas partes del mundo.

La constipación de los recién nacidos se controlaba con un pedacito de cebolla de rama introducida en el ano del niño e inmediatamente, empezaba a hacer sus necesidades; cuando la recién parida no le subía leche a los senos, se le daba agua de panela con leche y dentro de poco empezaba nuevamente a dar de mamar a su hijo/a.

Cuando teníamos dolores en el cuerpo, especialmente en la espalda lo cual pensábamos que podría ser espasmo muscular, entonces hacíamos ventosas, lo cual consistía en poner un pedazo de vela en una moneda, luego se encendía, se colocaba en la parte adolorida y se buscaba un vaso de vidrio con el cual se cubría la vela e inmediatamente el calor absorbía la piel y se empezaba a mover el vaso hacia abajo hasta que el aire le llegara y se desprendiera de la piel, y en parte el dolor o la neumonía empezaba a sanarse.

Estas eran prácticas ancestrales que iban de generación en generación.

Tomábamos hojas de la planta medicinal llamada saúco cocinadas para prevenir enfermedades e inmunizar el cuerpo. En otras palabras, debido a que consumíamos productos con cero fertilizantes y solamente orgánicos nuestros cuerpos estaban bien preparados y resistían cualquier enfermedad.

Para aquellos tiempos, mi padre iba al monte a buscar frutas de un árbol llamado Cedrón, la cual raspábamos y era súper amargo el cual tomábamos para inmunizar todo nuestro organismo, especialmente contra el paludismo, la diabetes y ayudar a las funciones del estómago, algunos niños creíamos que nos ayudaría a prevenir algún ataque de lombrices u otros parásitos.

Si por alguna circunstancia, se dislocaba un dedo una pierna, solo íbamos donde un sobador y este usaba aceite de palma africana, dando movimientos al dedo o la parte afectada hasta encontrar la dislocadura y allí era cuando daba uno o varios estirones y todo volvía a ser normal.

Para lavarse el pelo, las mujeres cortaban la concha o corteza del árbol llamado guácimo o las hojas, las juntaban con malva, se amasaban, luego quedaba espesa y un poco gelatinosa para echarla en el pelo, luego lavarlo bien y este quedaba como con champú o acondicionador.

En las fincas de banano donde mi padre llegaba a trabajar de palero, siempre sembrábamos, las plantas necesarias tanto para alimentarnos como para medicina, en ocasiones no alcanzábamos a disfrutar su producción, pues teníamos que movernos a otro lugar de trabajo.

Al igual que en Baudó donde el medio más común del trasporte era por los ríos y quebradas, en champas o canoas; para transportarnos en los ríos de Urabá, mi padre hacia sus canoas del árbol llamado Ceiba, del cual extraíamos la que denominábamos "leche de Ceiba" para matar peces en las quebradas.

Para hacer la canoa, cortaba la Ceiba y luego la dejaba secar, luego empezaba a hacer un hueco con el hacha hasta cierta profundidad en forma rustica y con el hacha iba moldeando y dándole forma a la canoa, si por alguna causa la madera se iba abriendo, le poníamos "brea chocoana" sustancia pegajosa, adquirida en el centro de cierta palma, con la cual resanábamos las rendijas de la canoa.

Una vez estaba lista, hacía el canalete o remos y cortaba un árbol bien largo de unos 3 o 4 metros como la Palanca. El canalete se usaba para las partes profundas y para dar dirección a la canoa y la palanca para impulsar en las orillas o en las partes secas o poco profundas. Esta forma de transporte era más común en el Baudó y al principio por el río Apartadó abajo y cuando vivíamos cerca de Chigorodó, por este río.

Cuando ya no andábamos de finca en finca, mi padre compró una pequeña parcela de tierras. viajó a montería y se compró un burro y una mula, con los cuales transportábamos los productos, hasta Apartadó o hasta donde llegaba, el carro llamado Chivero (pequeño jeep muy comunes en Urabá, que viajaban a las fincas para llevar a los trabajadores bananeros especialmente los fines de semana o los días de pago).

En los tiempos de la cosecha de tomate y otros productos, como yuca, aguacate, guama, mango, guayaba o churima, fletábamos mejor un carro de escalera (la llamada Línea) donde echábamos todo; las gallinas, los cerdos y los llevábamos a vender a la placita denominada La Martina. Allí era donde el mercado informal de pescado, carnicerías, baratijas y de todo existía y donde hasta los ladrones hacían su festín en cualquier época del año.

8

ELIN EL ATLETA

El deporte del atletismo fue y seguirá siendo mi pasión, debido a que me enseñó a disfrutar de la naturaleza, a incrementar la confidencia y controlar mis emociones. Recuerdo que antes de irme a vivir a Apartadó, corría al aire libre en el campo, para ir a la escuela o cuando les huía a los perros que me salían al paso y veía yo, que les era difícil alcanzarme.

Así mismo, cuando corría muy asustado las tres horas desde la finca de mi padre, hasta la escuela ubicada en la finca bananera Santa María de Apartadó; donde estudié los primeros años de la primaria, después de salir de Vijagual.

Dicha finca era de un alemán de nombre Alvin y su hija era la profesora Rebecka, la cual nos enseñaba a tocar la Marimba, construida por nosotros mismos los estudiantes y a hacer mochilas para guardar y acarrear los libros.

Mientras corría por los caminos pantanosos en pantaloneta y con la ropa y los libros en una bolsa plástica, para que no se mojaran o por el sudor o por la lluvia; aprendí a consolarme a mí mismo sin culpar a nadie por mi situación; más bien esas tres horas de distancia entre el rancho y la escuela fueron la gran oportunidad de acelerar mi coraje para desenvolverme en la montaña que tenía que atravesar.

Casi siempre me encontraba con culebras venenosas distraídas pasando de lado a lado del camino; entre ellas la mapaná a o la coral, a las que en varias ocasiones casi les montaba el pie o con sonidos repentinos de cosas inexplicables que me estremecían todo el cuerpo; pero esto solo era por el poder de mi mente, pues mis pensamientos transcendían lo natural.

¡Así mismo, por mi mente siempre pasaba la imagen de aquellos tiempos de infancia en el Baudó cuando de entre las palmas de chontaduro nos gritó una voz del matorral "Muchachos"! Corría y a más correr, sentía como si alguien venía detrás de mí y hasta sentía sus pasos.

Me espantaba pensar en los espantos, en los duendes y en los cuentos de ultratumba, que en ocasiones escuchaba de algunos adultos. Desde luego, los padres le metían temor a los hijos, cuando querían que sus hijos fueran obedientes, como, por ejemplo, que a los niños desobedientes el duende los escondía y los arañaba haciéndolos perder en el campo hasta matarlos.

De cualquier manera, yo recordaba que quizás ya había pasado dicha prueba cuando estaba pequeño y jugaba con los tres niños blancos donde no vivían blancos haya en mi infancia chocoana del Amporá y en la finca de mi abuelo; pues ahora que ya tenía más conocimiento de la vida; quizás esos niños serian duendes, pero de los buenos.

Las otras historias como la que el diablo se llevaría a los muchachos corrompidos "maliciosos"; me estremecían y esto me hacía reflexionar, si yo caía en ese rango; pero por si acaso, corría a mas no dar, para que no me fueran a alcanzar.

Cuando estaba en esta tragedia mental, me acordaba de que yo era parte de aquellos seres sobrenaturales con los que me entretenía en las alturas en mis sueños y no tenía por qué tener miedo de lo que en tierra sucediera. Así que, el valor llegaba a todo mi ser rechazando de paso las inmundicias espirituales que querían acosarme en la soledad del monte; era allí cuando en vez de caminar o correr sentía que era transportado por los aires y llegaba a las orillas del río Apartadó, donde tomaba un baño, me arreglaba y me iba para la escuela.

En cierta ocasión, viajaba para la escuela en una mañana muy calmada, de esas que ni los pájaros cantaban; montado en la mula de carga y cuando íbamos por cierto lugar donde habían asesinado a dos labriegos; la mula sorpresivamente, se paró, levanto las orejas y observaba temerosa y por más que la espueleaba y le daba con una pequeña rama en las caderas, no se movía, para adelante; más bien se tiraba para atrás, relinchaba y sin obediencia alguna esta vez no quiso pasar por dicho lugar, se me espantó y se metió por el monte, me enredó en el matorral; pero salimos por otro lado.

Al comentarle a mi padre acerca de dicho incidente, me dijo, que, por ahí, salían espantos así mismo que las bestias tenían un sentido especial para detectarlos. A decir verdad, lo único que yo sentí en aquel incidente con seres del más allá, fue que los vellos de los brazos y mi cabeza se erizaron de tal manera que yo sentí, un frío violento y estremecimiento en mí ser; pero creí que solo era por estar la mañana tan pasiva.

Nunca tenia temor de lo que el hombre me fuera a hacer al encontrarme solo con caminantes, que en esporádicas ocasiones me veían correr por el camino; pero siempre pasaba a distancia de los mismos, por prevención y muy receloso; pero si tenía mucho respeto por lo espiritual; pues mi origen lo es.

Sin embargo, a lo que se llama en tierra espantos; solo son las formas del dominio de Satanás y sus demonios; quienes gradualmente toman poder de los habitantes terrícolas; pues, aún no han sabido cómo enfrentarlos si no los erradican de sus mentes. Aunque yo no podía ver aquellos espíritus físicamente, porque mis ojos humanos estaban perdiendo su poder espiritual por tanta contaminación social; pensaba que podrían hacerme daño, si continuaba creándolos en mi mente y no volvía a pedir ayuda a todos mis hermanos celestiales.

Al llegar cerca de la escuela faltando unos 3 kilómetros, estaba el río Apartadó, donde me tiraba y me dejaba llevar por la corriente en sus aguas aun frías de la mañana temprana y sin jabón me bañaba a las carreras, me quitaba todo el pantano del cuerpo y a estudiar se dijo!. Cuando aún estaba lloviendo, me bañaba con el agua de lluvia que caía por montones y en la escuela, me vestía.

En Urabá, nuevamente volvió la oportunidad de andar descalzo, especialmente en la época de la escuela en Santa María de Apartadó, allí recordé, aquella palabra en Quibdó, cuando mi madre me dijo, que ya no andaría sin zapatos, porque estaba en la ciudad; sin embargo, mi pasado volvió a hacerse presente; pero esa era mi realidad.

Creo que todo esto me ayudó para calificarme en la vida deportiva como un buen corredor de fondo, o al menos no era del montón, ganando carreras en las calles y corriendo en todo lo que se atravesara por una Colombina o por una gaseosa e incluso por un Bolis. En la escuela, solo el profesor tenía que decir: ¡Tiene un cinco aquel que llegue primero al darle tres vueltas a la escuela! y allí estaba yo corriendo erguido de satisfacción; ¡qué momentos aquellos!, los cuales me ayudaron a crecer como persona y como atleta.

La guerra del centavo en Urabá por parte de los dueños de los chiveros, causó en mi época muchas muertes; era un mercado informal, donde los primeros transportadores arrasarían con todos los pasajeros que podrían encontrar y se colgaran del vehículo, los dejaban en Apartadó o los otros pueblos de Urabá.

Desde luego, volvían por más a gran velocidad con el fin de suplir la gran demanda de miles de trabajadores que para aquellos tiempos aun vivían en los campamentos de las fincas bananeras. El sobre cupo, fue gran factor influyente para dejar muchas viudas y huérfanos en la región porque no había guardas de tránsito, no había autoridad vial que dijera o controlara la velocidad en las carreteras. No había señalización de tránsito y las administraciones municipales no se les pasaban por la mente hacer nada en una gran región que para la época de los 70s ya tenía el gran auge y emporio de riquezas generada por el oro verde.

De cualquier manera, la región de Urabá estaba sobre poblada de inmigrantes de distintas sitios geográficos y necesitaba ordenamiento.

Conducir a 120 Km. /h, era lo mismo que a 150 Km. /h o quizás más, así que incluso en la vía al mar entre turbo y Apartadó. En los paseos, era frecuente escuchar noticias de la cantidad de muertes los fines de semana debido a la embriaguez de los conductores.

Los camiones o los vehículos se volteaban en las curvas y venían atestados de pasajeros. Para los años 80's fue cuando se iniciaron los primeros cursos para guardas de tránsito y podíamos ver los colores blanco y azul en las camisas y pantalones de las autoridades uniformadas.

Pero al igual que llegó el orden, también la corrupción; algunos guardas de tránsito, siempre que cogían a alguien infringiendo la ley, se dejaban " transar" por cualquier billetito entre manos; era común verlos como ponían los retenes de control para evitar el sobre cupo de pasajeros o quizás la velocidad; pero los chóferes eran más astutos, se bajaban y entre manos le metían el billetillo al guarda y ya estaba solucionado el tiquete.

Sin embargo, he visto todo esto como un paquete completo de aprendizaje, en la caja de sorpresas que es mi vida, los atrevimientos y expectativas por encontrarme conmigo mismo han sido la oportunidad de superación en mi propio optimismo.

Debido a que en ocasiones no encontrábamos forma de transporte, entonces yo corría desde la finca hasta Apartadó y utilicé esta estrategia para fortalecerme como atleta; pero sin dejar de ser lo que quería ser y sin dejarme vencer del pesimismo. Aunque a veces era por la falta de dinero efectivo para pagar el pasaje.

Efectivamente, todo esto me ha ayudado y aunque la fama no me ha alcanzado, creo que he aprendido a ser honesto conmigo mismo y con los demás, enseñando las virtudes del respeto, cariño y compasión al tiempo creyendo en lo que yo puedo hacer. Estos han sido logros positivos, que siempre considero como un tesoro, ya que de nada sirve tener los millones del mundo, los más altos niveles educativos, si no se tiene confianza en sí mismo, si no se tiene cariño y compasión por los más necesitados aun uno estando en necesidad.

Durante el transcurso de vida que Dios me ha dado, especialmente en mi adolescencia pude ver en mi propio yo y en el entorno que me rodeaba; a las personas actuando con varias semillas escondidas en sus corazones, las que reflejaban en su exterior como plantas enramadas de odio, rencor, celos, envidia, preocupaciones y violencia.

Bueno, estas las sacaban a relucir con su comportamiento, cuando se les eran tocadas y se disparaban en su carácter incontrolables y hasta llegaban a cometer errores que les marcaba para toda sus vidas.

Por supuesto, solo había que tocarles el ego y salía ese leoncito dormilón a devorar lo que encontraba a su camino.

Bien, Respecto a esto, si les puedo asegurar, que durante las épocas de los 70's y 80's en Urabá, muchos sacaron tanto esas semillas, que otros sin escrúpulos ni temor, las secaron para siempre y nunca pudieron salir a producir.

De la tierra salieron y a la tierra volvieron. Por eso, aprendí, mejor a correr que a enfrentar a alguien; porque me decía a mí mismo, es mejor que digan, aquí corrió, que allí murió. Es decir, como dice la sagrada escritura, "es mejor perro vivo, que León muerto".

Con este fin, las semillitas que Dios me ha permitido tener, las cultivo con amor, las riego con bondad y producen frutos de felicidad. En ese momento, son de gran placer para mí y para los que me rodean.

De tal manera, que nunca se me han salido del entorno y a veces hasta las dejo en libertad, para ver hasta donde se pueden estirar sin manipularlas o restringirlas; pero ellas conocen sus límites.

Por eso siempre, aún siguen produciendo frutos que llevan el nombre de amistad, sinceridad y dominio propio; en otras palabras, nunca me han hecho quedar mal y cuando quedo mal es porque el pecado de creación me las corrompe, para darme a entender, que soy humano y que puedo equivocarme y cometer errores como mortal.

Pero, a todo esto respondo con una sonrisa de seguridad y confianza en mí mismo, por haber aprendido algo nuevo, lo cual no entrará nunca más en mi agenda, porque al perro no lo "castran dos veces" y a Jesucristo solo lo crucificaron una vez.

En ocasiones, me he resignado, me he detenido en mis afanes queriendo también detener el tiempo; sin embargo, después de parar por un momento me encuentro cambiando de estrategia en mi propio pensar, transformando mi interior, curándome poco a poco las heridas internas que si las dejase ver no tendrían descripción; pero afortunadamente son intangibles, solo se notan en el sentimiento expresado.

Durante este proceso, a veces sufro bastante, la sangre me fluye desesperada buscando la arteria donde albergarse, la presión llega a su máximo nivel, el corazón no hay quien lo pare; cree que va en la carrera del futuro atleta sin serlo todavía, ya estaba acostumbrado a lo que sería y la mente se convierte en mi propio campo de batalla.

Así entonces, miro un ave pequeña que vuela a mi alrededor y la confundo con el águila y me sumerjo en lo que ella siente cuando se transforma, cuando cambia su plumaje, cuando tiene que votar el pico viejo, para que crezca uno nuevo, en su proceso transformativo, quizás experimenta también mucho dolor; ¡pero cuando sufre el cambio! Remonta el vuelo nuevamente, se convierte en la más joven de las aves y desde las alturas es reina del espacio; desde lo alto de la cima, enarbola su juventud.

Así, me siento, como un nuevo hombre, con menos años y con la juventud cabalgando en mis venas, con un vasto mundo por recorrer, al cual no hay que temer, sino enfrentarlo, desafiarlo y hacerle ver quien es quien.

Apartadó especialmente, me estaba ayudando a crecer más rápido de lo que la edad normal de los niños de mi edad en normales circunstancias lo podían hacer; ¡como un hombre viejo!, ¡ya me le media a lo que se me presentara que quisiera estorbar mi camino, mi convicción personal de la vida, era un poco ego-centrista, yo primero y segundo yo y bueno, también tercero!, no había otro número mejor que uno ser primero.

¿Egoísta? Quizás, un poco; ¿pero no lo podía entender? Porque me gustaba compartir lo material; pero lo que llevaba en mi interior, jamás lo ponía en venta o lo tiraba al barro. Así mismo a esta edad, ya el diccionario de la vida me había mostrado muchas nuevas palabras, entre ellas, las buenas y las malas, y yo ya las estaba aprendiendo a distinguir y saber usar, a veces las malas las convertía en buenas y esto me daba más motivación, porque en lo malo para algunos, yo podía encontrar algo bueno solo porque mis actos hacían cambiar su significado.

De las buenas sacaba algo aún mejor y las ponía en aplicación al libro de mi vida; es decir; aun en esta edad, no había palabras destructivas que me robaran mis sueños y hasta donde yo quería llegar. La palabra "soledad" para muchos puede significar aislamiento, tristeza y estrés; ¿pero para mí significaba "oportunidad" de qué? De poder hacer cosas sin limitaciones y de explorar el mundo sin barreras, solo hasta donde yo entendiera su verdadero limite.

Como hombre del campo, siempre me críe con esperanzas; la libertad que el campo me ofrecía me determinaba que en cada día había un sin número de vivencias y actividades, las cuales me creaban expectativas.

Cuando sembraba, la semilla de tomate, el maíz y el arroz, me creaban la expectativa de pensar y programar muchos días de acompañamiento, verlas crecer, esperar el nuevo sol cada día, pronosticar el tiempo cuando el cielo se nublaba, esperar esa lluvia al ver al arco iris.

Lluvia esta, que sería el elemento importante, del crecimiento de mis semillas en la tierra fértil. Abonar las plantas con boñiga (estiércol de vaca) mezclada con tierra de los árboles podridos. Pero, además, cuando las plantas crecían a su tiempo, la hierba mala con ellas; la rocería.

Varios meses después, la producción y la pelea en competición con las aves y otros animales cuadrúpedos, para que no las dañaran o se las comieran.

Era la esperanza, que me abrigaba, para ver la cosecha, para sostenernos en casa y a su vez adquirir los recursos monetarios con la venta de los productos. Esa misma esperanza, se quedó conmigo; ya no la puedo abandonar, por más que la quiero tirar, ella se aferra a mí y yo me aferro a ella; somos el uno para el otro.

Hoy por hoy, la esperanza que inundó mi ser en la niñez, es la que me ha dado el impulso, para ya no ver crecer las plantas de tomate, maíz o arroz; sino verme crecer a mí mismo, de adentro hacia afuera y no solo en mis tejidos cartilaginosos, mis órganos vitales, sino en aquello que no se puede ver si no se tienen ojos espirituales. ¡Mi alma!, ¡mi espíritu!, se sienten fuertes, crecidos y a la expectativa.

El destino me ha querido derrotar; pero este no ha sido lo suficiente grande para vencerme, porque no seré vencido sino el que se las ha inventado para vencerlo, porque soy más grande que la derrota, soy mejor que la tristeza y soy inmune al dolor.

Soy vencedor, triunfador y victorioso en mi propia conciencia y no espero que nadie me lo diga porque haga algún acto de heroísmo o patriótico, como Simón Bolívar o quizás el "Che".

De cualquier manera, me siento más fuerte que Goliat aun sin escudo y armadura porque todo mi ser está formado y guardado por el supremo creador quien invirtió tiempo de su tiempo, para crear en mí el rompecabezas de mi existencia solo Él conoce de mis proyecciones y solo a Él puedo darle respuestas en sus juicios por mis delirios.

"Yo he aprendido que lo único que he necesitado para ser exitoso en la vida es una inspiración y no lástima ni compasión de nadie. Así que he buscado inspiración en mi accionar sin importarme las veces que fallase y siempre me he levantado con tesón para ser un ganador.

¡Para mí el nombre derrota no existe ni existirá! ¡Ese soy yo! Siempre mirando hacia adelante y si miro hacia atrás es solo para ver donde soporto mi nuevo impulso, si caigo, antes de tocar el suelo ya me estoy levantando, puesto que no soy como la pluma de aquel pájaro que el viento se llevó y va sin rumbo, ni como el metal que va hacia el fondo del mar porque la inercia no le ayuda a volver a superficie alguna.

Creo en mi interior que soy la criatura perfecta de la creación y mi futuro está garantizado con la fuerza poderosa del que me formó de dos espermas que solo él sabe cómo al juntarlos les dio el balance necesario para ser el ser racional que soy, y no voy a tirar por la borda el preciado Tesoro que hay en mí.

Por ser soplo de la boca de Dios, ni aun por mi imaginación pasa la idea de cómo me dio la vida, ese es su secreto y yo vivo con la esperanza de que cuando vuelva solo a ser partículas de lo que cubre mi cuerpo mortal, el legado que queda en el infinito será la imagen de lo que fui exteriormente y que no fui en mi interior.

Tengo una clara idea de lo que yo soy internamente; pero que no refleja lo que externamente represento. Cuando mis ojos espirituales observan lo que llevo en mi, se sienten complacidos, regocijados y en armonía.

Entonces, le transmiten a mi mente y a mi corazón que me informen de que no hay de qué preocupar me, porque sin importar lo que el mundo mortal crea; mi futuro está bien asegurado, porque tengo donde quedarme en una morada por siempre.

Desde luego, el lugar donde solo podemos estar, los que habitamos en carne en la tierra; pero que nuestra ciudadanía y nuestra real habitación, está más allá del pensamiento del hombre. La habitación espiritual, el universo del creador.

¡Yo no lo sabía! ¡Ahora ya lo sé y me alegro por ello! A pesar de estar aquí en lo que se llama tierra; no pertenezco a ella, pues sumergido estoy en el laberinto inalcanzable de la inmortalidad. Aunque mi cuerpo que solo es materia, se desintegre en partículas y solo quede la imagen en los que lo conocieron, aún queda un nombre imborrable en lo infalible de la memoria humana al cual muchos no olvidarían.

Lo bueno de todo en mi vida, ha sido que aunque los efectos negativos de la sociedad me han querido enjaular y acorralar con sus emociones negativas, entre ellas: la desesperación, la ira, el terror, el rencor, la envidia y el orgullo; las cuales me han zarandeado; nunca Dios me ha dejado jalonar por ellas.

Las he podido sentir y vivirlas; pero como han llegado, las he rechazado, porque esa misma fuerza superior que hay en mí, me ha mostrado su proyecto de vida y ese proyecto está por encima de cualquier sentimiento negativo. Por el contrario, lo positivo ha llegado a mi vida en forma de los frutos que hay en mi espíritu; con amor he vencido, con gozo me motivo a mí mismo, con paz puedo distraer al odio, con mansedumbre mis agresores han quedado desarmados, con benignidad he demostrado mi integridad de ser humano, con bondad nadie en mi camino se ha quedado sin ayuda, con paciencia he aprendido a esperar, con fe sigo positivo viendo cada despertar y con templanza he aprendido a tener moderación en mis actos (Gálatas 5: 22-23).

Las ultimas me han ayudado a vivir a plenitud de acuerdo con los planes y propósitos que el creador ha tenido para mí, por eso hasta el presente, aunque las trampas han estado ocultas, siempre ha tiempo han sido descubiertas.

Cuando la sociedad quiso destruirme, la imagen del vicio del licor, la buena vida pasajera del mundo de las drogas, o la búsqueda de la libertad social por medio de las armas, trataron de abstraerme en su remolino emocional; ha tiempo pude recordar que el diseño de mi espíritu no era tal.

Dios vio en mi algo bueno y me guardó. Me puso a un ladito del camino de espinas, me mostró el camino verdadero. Dios ha peleado la batalla por mi (Deuteronomio 28:7), yo he visto derrumbarse a los que mis males intentaron y eso no es que me haya causado felicidad, sino por el contrario mucha tristeza, porque a decir verdad han escogido a un ser equivocado para hacerle daño, pues mi creador ha estado allí y me ha hecho invisible.

El auge de la bonanza "marimbera" entre 1976-1984; era la gran oportunidad para los que andaban en el negocio ilícito de la producción de marihuana para exportar a los estados unidos. Algunas fincas tenían plátano como producción licita de exportación; pero por debajo estaban las plantas de marihuana, al menos eso fue lo que me tocó ver en algunas de las bananeras a donde iba mi padre a trabajar.

Como era natural, de paso también sembrábamos nuestro propio cultivo en los adentros de las plataneras y esta solo para el consumo y distribución a lo largo de los campamentos vecinos de los machos solos.

Se vendían "puchos" como "pan caliente". En esos tiempos los que le entraron de lleno a la producción marimbera como la llamaban, tenían mucha plata y consiguieron para el resto de sus días, porque no había quien dijera que no se podía; pero mi padre solo lo hacía como forma de rebusque.

Pero, de todas maneras, los traficantes "duros", tenían comprados a las autoridades para que no los delataran. La observación que me llama la atención es que todo este andamiaje de tráfico fue montado especialmente con la complicidad de los gringos narcotraficantes.

Total, ellos mismos después se vinieron en contra de los productores colombianos en especial en Urabá, para luego tomarse el mercado de la hierba. Se exportaban entonces marihuana y cocaína con la complicidad de autoridades aduaneras y policivas, era de entenderse que había la posibilidad del camuflaje de la droga en barcos.

La bonanza marimbera en Urabá terminó hacia finales de 1984, debido a los estrictos controles establecidos en los puertos norteamericanos para los barcos con bananos que procedían de Turbo.

Por el contrario, a pesar de todo su apogeo, y los verdes que generaba aquel negocio; la población turbeña, seguía pobre, solo le quedaba la fama y los San Andresitos.

Bueno, con los ojos puestos en los barcos procedentes de Turbo, Antioquia; ahora ya Los cultivos de marihuana toman mayor auge en el norte de Colombia especialmente en la Guajira.

Debido a este cambio regional de desplazamiento, es entonces, cuando algunos de los comerciantes de Medellín deciden especializarse en el tráfico de la cocaína. Vale resaltar que la población de turbo se abastecía con mercancía comprada en Panamá y el puerto libre de Maicao en la guajira (Esta mercancía la compraban en Venezuela) y por lo tanto en los llamados San Andresitos, se revendía, lo cual era "contrabando". Allí se compraba y quizás aún se compra mercancía barata, y es donde los pobladores de Apartadó, Chigorodo, Carepa y hasta desde la puerta de entrada a Urabá; Mutatá, viajaban sus habitantes a comprar, productos importados.

Parte de la mercancía, se transportada a la ciudad de Medellín y para contrarrestar su ingreso, las autoridades aduaneras con sede en la puerta de entrada a Urabá en el Municipio de Mutatá, siempre, estaban esperando los buses, para revisarlos y quitarles lo que llevaran ilícito.

Entonces, era allí cuando, se les tranzaba con dinero o quizás con la misma mercancía como pago, para que la dejaran pasar. Así mismo existía otro reten de aduanas o quizás los policías se venían desde Medellín a hacer su agosto en el Alto de Boquerón, a escasos minutos de la terminal de transporte.

Allí también, los contrabandistas tenían que aflojar el billetico para dejar pasar cualquier mercadería encaletada en los buses de transporte público.

Asi que muchos trabajadores aduaneros y policías corruptos lograron adquirir dinero a expensas de los mercaderes; pero no de los pesados o adinerados sino de aquellos que intentaban hacer este oficio como parte de supervivencia familiar.

En esos mismos buses, también se transportaba, pacas de marihuana hacia la ciudad de Medellín para su distribución.

Por lo tanto, en mis viajes a Medallo en vacaciones o cuando iba a comprar mercancía para revender en Apartadó, de paso me llevaba mis botellas de whisky especialmente chivas Regal 12 años, mercancía que compraba en los San Andresito de Turbo.

¡Como quien dice! "El rebusque estudiantil"; pero no en cantidades sorprendentes, sino para la sobrevivencia como estudiante.

Bien, en ocasiones como no tenía para transar a la aduana y querían quitarme las dos o tres cajas de whisky, prefería quebrárselas en los pies, "ni para mí ni para ti, sin vergüenzas" las tiraba al piso y solo quedaba el olor y el vidrio.

Lo que quiero resaltar, es que en medio del ambiente en el que me crié, tuve muchas oportunidades de tomar la decisión que quisiera. Podría estar en el negocio de la droga, porque sería fácil ingresar, o si decidía, estar en las filas del movimiento guerrillero, quienes se llevaban a los jóvenes o en la delincuencia común, donde solo sería comprar un arma de fuego y jalársele al atraco armado o a robar, matar y seguir adelante sin escrúpulos.

Pero aun así, estas direcciones no fueron el objetivo principal que definieron hacia donde debería dirigirme; pues la muerte rondaba en cada oportunidad arriba mencionadas.

Por otro lado, la muerte era dueña de Urabá ¡Solo era salir de la puerta de la casa, o quizás adentro de la casa y allí iba a sacar a los que quería, y sin tocar a la puerta tan siquiera, la muy condenada!

Algunos de mis amigos de la época, decidieron formar filas en el movimiento guerrillero; la filosofía Marxista, Leninista y las odiseas del Che Guevara los alienó y sin pensarlo dos veces buscaron con sus vidas encontrar la solución para una sociedad desquebrajada, podrida y desigual.

Sin embargo, para mí, esta no era la mejor opción; lo único que pasaba por mi mente era ser un buen profesional, adquirir conocimiento para poder transmitirlo a otros; así no seriamos muchos los ciegos sociales y podríamos contribuir a un nuevo cambio pacífico.

Con el tiempo, las heridas marcadas de andar en una vida sedentaria se fueron curando y al final de aquel túnel de la soledad solo quedan cicatrices como marca del recuerdo de un pasado de muchas enseñanzas. Recordar solo era como punto de partida para ser cada vez mejor. Por cierto, fue bien trajinado; pero he aprendido una buena lección trascendental para poder ser el ser humano que ahora soy.

Desde luego, como en alta mar; el viento estuvo a mi favor en todo lo que hice como joven en Apartadó, este pueblo con todo su agitado movimiento me enseñó a ganar aun perdiendo y a extender mi visión del significado de la vida cuando tenerla no importaba.

La zona de Urabá, se ha caracterizado por su alta producción de banano de exportación y con el desarrollo de la producción bananera controlada e introducida por la United Fruit Company; se desencadenó un gran flujo de inmigrantes de los departamentos del Chocó, Córdoba, y municipios antioqueños.

Los cordobeses a los que denominaban chilapos, formaban grandes familias en Apartadó, Carepa, Chigorodó y turbo; en mi época todos se consideraban como costeños, por el acento al expresarse; pero a decir verdad los costeños, los chilapos y chocoanos, fuimos los que más hemos contribuido al pluralismo cultural del Urabá antioqueño, al desarrollo económico y a la constitución de verdaderas políticas de oposición a la tiranía de los empresarios capitalistas bananeros.

Era de notar, que en medio de todas las hectáreas sembradas de banano que actualmente pueden ser unas 33,000 según informes estadísticos; en toda su extensión la deforestación y la quema de la tierra ha ocasionado un gran daño ambiental en la región. Por su parte, aún no hay cifras, de cuantas especies de animales fueron desplazadas de su habitad, ni a cuantas asciende el número de especies de animales quemadas en el fuego en la preparación de la tierra para la siembra del banano.

En mis tiempos, cuando se preparaban las tierras en aquellas fincas bananeras, mi padre también trabajaba de hachero o en la rocería, luego que venía el tiempo de la quema, encontrábamos, tortugas, erizos, perezosos y reptiles calcinados. Todo esto me hace pensar que en Urabá no solo se han destruido vidas humanas, sino el medio ambiente en general.

Por supuesto, que las fincas bananeras, de las décadas del 70 y 80; eran labradas por la producción de las masas, el trabajo a destajo de la población y desde luego que este les deba mayores ganancias a los dueños de las fincas. Las condiciones de vida y de supervivencia eran paupérrimas, los trabajadores, vivíamos en ranchos; tambos de paja que construíamos, especialmente los paleros contratados.

Hacíamos pozos en la tierra para obtener agua, la cual servía para cocinar, lavar la ropa y para todas las necesidades, no teníamos beneficios en salud y educación para nuestras familias y totalmente hacinados prácticamente como esclavos y eso que ni aun ideas tengo del sufrimiento de mis ancestros; pero es el decir común.

Por el día el arduo trabajo del campo nos consumía y por las noches los mosquitos y el llamado chinche nos remataba en las esteras o colchones de paja. Mientras el resto de los pobladores de Urabá, como eran los antioqueños; ellos eran los profesionales, los negociantes y los políticos, a los cuales no les importaba acerca de la calidad de servicios para la clase trabajadora; ¡prácticamente era la esclavitud, pero sin el látigo y las cadenas!

Los llamados canales eran construidos a fuerza de sudor del palero chocoano y uno que otro cordobés o chilapo, las cunetas que se llamaban canales pequeños servían para el desagüe de la tierra. Lo importante era que en ese tiempo, todavía el capitalismo no se había introducido al campo, por lo tanto, las masas humanas podían hacer el trabajo; fuese en cualquier condición.

Consecuentemente, había más trabajo, para el hombre; pero cuando llegó más adelante la apertura económica, (introducida por el presidente Cesar Gaviria 1990-1994) y la globalización económica; ya los empresarios del banano introdujeron, las retroexcavadoras al campo en la construcción de canales y drenajes.

Ante eso, solo los detalles pequeños los dejaron para los paleros, desplazando así la producción por las masas y creando más desempleo en las bananeras; lo cual ocasionó el empuje y pelea forzada de los sindicatos en la búsqueda de preservar los puestos de trabajo; la verdadera lucha de clases con las armas se hizo inminente.

La introducción del capitalismo al campo bananero implicó más auge de la violencia, debido al desempleo generado.

Indudablemente, los finqueros capitalistas creyeron que los sindicatos les estaban echando a los trabajadores encima y por lo tanto la emprendieron contra los sindicalistas y fue así como iniciaron el proceso de limpieza y matanza general de los obreros sindicalizados usando su mecanismo armado ultraderechista a los que se denominaban los paracos.

Surgieron los comandos armados, unos pagados por los finqueros y otros formados por los mismos trabajadores en defensa de sus vidas y sus derechos laborales. Para esa época muchos trabajadores aun dormían en las fincas bananeras, en los llamados campamentos, los lugares construidos por los finqueros.

Las familias, dormían en cuartitos en los cuales cocinaban con fogones de petróleo, inventados por uno que otro vivaracho comerciante, a los cuales se les ponían mechas de algodón o trapo, se les echaba petróleo puro en un recipiente y se le ponía una parrilla arriba para sostener las ollas.

El olor del petróleo era inmenso en los cuartos y a veces se prendían, por algún descuido poniendo en riesgo la vida de los niños y ancianos; así mismo dejando el humo pegado en las paredes y en la ropa. Al despertar, por las mañanas, las fosas nasales estaban negras del humo absorbido, o por los fogones de petróleo o por las lámparas de petróleo, estas eran hechas con frascos llenos de petróleo con varias mechas de trapo viejo, lo cual era contraproducente para la salud; pero a nadie le importaba.

El campamento de los macho-solos, era especialmente construido con varios salones grandes donde dormían amotinados hasta 10 personas, sin privacidad, en el suelo, con cajas de cartón como colchón y a expensas de los olores a pecueca y a zorrillo del trabajo cotidiano, pues no habían quebradas ni ríos cercanos en algunas fincas y las aguas corrientes de los canales, servían de uso personal y domestico las cuales a veces apestaban.

Los obreros que podían comprar algún colchón de paja, rellenos de hierba, tenían oportunidad de dormir un poco cómodos; pero los mosquitos eran sus peores enemigos nocturnos, así que cada uno se veía en la obligación de comprar un toldo para lograr dormir sin la amenaza de los insectos chupadores de sangre.

Efectivamente, los mosquitos en horas de la noche parecían pirañas en el cuerpo humano, toda la noche chupándole la sangre, a los pobres trabajadores y sus familias, al igual que lo seguían haciendo los finqueros capitalistas, así que no había escapatoria para el trabajador bananero, ni aun dormidos, evitaban que los siguieran succionando, hasta la muerte.

Por el día los chupaban o los desangraban los empresarios bananeros y por las noches los remataban los zancudos y el chinche. Como si fuera poco, por el aire, estaban las avionetas fumigadoras del banano, echándoles el líquido amarillo de la muerte, con el argumento de que los insecticidas que les echaban al banano no eran de riesgo para los humanos; sin embargo, la realidad era otra.

Todo el mundo sabía que los químicos usados en la fumigación de las bananeras les producía, dolores de cabeza, mareos, dolor de estómago, problemas respiratorios, picazón en la piel y ardor en los ojos, eso solo mencionando algunos síntomas externos del cuerpo; el agua de los pozos también recibía su dosis de químicos y esta se consumía sin ninguna prevención de los organismos de salud, porque entre otras cosas, sería un nuevo costo para los empresarios bananeros.

Ese líquido amarillo y oloroso que fumigaban las avionetas a muy tempranas horas de la mañana, aún sigue haciendo estragos en la salud de los labriegos. ¡Sí!, la mala circulación de la sangre, los problemas cardiovasculares, el sedentarismo, las enfermedades de los pulmones y el cáncer, tienen nombre propio en Urabá; LAS FUMIGACIONES AEREAS Y el abandono estatal.

No se necesita ser científico, o especialista en salud, para saber de dónde provienen muchas enfermedades del labriego Urabaense; especialmente cuando a uno le ha tocado también un poco de dosis social. Todos estos problemas de salud que vive la región actualmente son derivados de los químicos indiscriminados usados en las plantaciones bananeras, como la urea, la gallinaza, potasio, nitrógeno, cal, alumbre y los químicos usados para combatir la enfermedad de las plantas de banano llamada Sigatoka Negra.

Entendí al crecer en Apartadó, que por más que la muerte acechara a sus habitantes en todos los sentidos, por más mala fama de peligrosa y por su alto nivel de violencia; siempre, en la mayoría de sus habitantes ha existido el sentido de pertenencia.

Por tal razón, muchos decidieron esperar la muerte en manos paramilitares y de guerrilleros que desplazarse de sus tierras.

En mi observación de cómo nos desenvolvíamos los habitantes nómadas en Urabá, también entendí que las cosas no son del dueño, sino del que las necesita y punto. Pude ver como algunos hombres se esmeraban de sol a sol trabajando por sobre vivir cada día en Apartadó.

Bueno, compraban artículos necesarios para sus piezas de alquiler, las adornaban con grandes equipos de sonido, grabadoras y hasta armaban los llamados "Picó" con el fin de pasar las penas esclavizantes del trabajo en las bananeras y llegaba alguien y sin más ni menos las tomaba, se las llevaba a veces a la fuerza con las armas.

Mujeres que se juntaban con los hombres por cierto tiempo, hasta que ya tenían buenos enseres como: cama, ollas, equipos de sonido etc. y cuando los hombres se iban para el trabajo, al regresar encontraban la casa vacía.

Sin embargo, eso era solo el diario vivir en una región que crecía en todos sus polos cardinales y donde se cruzaban los caracteres, las culturas y la falta de respeto entre sus propios habitantes, con la ley del más fuerte y el más vivaracho.

Mientras me volvía joven, observé que Apartadó tenía algo bien acogedor; el pueblo como tal. En sus barrios se vislumbraba el ambiente pueblerino y de ciudad. Durante la semana, de lunes a viernes, todo parecía frío, una que otra pelea callejera, jalones de cabellos, golpes y peleas a los puños.

Bien, eso era hasta aquella época en que los hombres se trenzaban a trompadas para resolver sus diferencias. Después, a los cuchillos y peinillas; pero por último, ¡ay mama mía, es mejor decir aquí corrió, que allí murió!

Inescrupulosamente, el sonido de las armas de fuego se hizo evidente. A pesar de todo, los pelaos armábamos nuestras cuadrillas de juego callejero nocturno, las taciturnas salían en venta de amor y las llamadas mama santas se daban su propio resbalón, donde pensaban que nadie miraba; pero que las paredes hablaban por si solas.

Pueblo nuevo, el barrio más popular hacia el sur oriente, allí estaba la mágica escuela de pueblo nuevo donde se daban los clásicos deportivos de baloncesto, se armaba el cuadrilátero de boxeo y actividades folclóricas, Barrio Vélez, ya tenía más clasificación, era un poquito más refinado y el barrio Ortiz, allí si estaba la nata los que tenían plata, algunos finqueros. Por allí yo solo andaba de pasadas para ir al colegio por el viejo puente sobre el río.

El Apartadó caliente, no por el clima sino por su ambiente, se vislumbraba entre viernes, por las noches hasta el domingo en su atardecer, allí era donde los trabajadores del banano, salían descarriados, a dejar la plata en las cantinas, las mismas que hasta la vida también se las quitaba.

En mi trabajo de chancero (vendedor de lotería), me recorría Apartadó, de Norte a sur y de oriente a occidente; pero me gustaba más entretenerme en su zona de tolerancia, donde para muchos de mis amigos chanceros, se hacía peligroso, por aquello de los borrachos con peinillas, chanbelonas, gurbias o cuchillo empre- tinado.

Sin embargo, yo me sentía con confianza; pues ya hacía mucho tiempo era terreno conocido, cuando mi padre me llevaba en sus recorridos parranderos, mujereando de cantina en cantina y a la verdad no le tenía miedo al famoso Copelón.

Efectivamente, con mi talonario de chance, me les adentraba donde departían, con sus amigas, vendedoras de amor bananero y donde la mesa, no tenía espacio donde poner la próxima cerveza o botella de guaro. Entonces, allí les ofrecía el chance y hasta les daba el número que según mi mente ganaría.

Bueno, les decía, relatándoles, los números que recientemente habían ganado; con la lotería de Boyacá. Asi mismo, con los que algunos de mis clientes habían ganado.

En aquel momento, les daba el pronóstico de los números que estaban próximos a salir; pero, eso sí; ellos me prometían darme mi recompensa si ganaban. Y así me la pasaba de cantina en cantina hasta terminar mi talonario de ventas.

Pero también, en ocasiones tenía que salir disparado de algunas cantinas, puesto que solo me decía el borrachito, échese a perder o lo pico ahora mismo! Allí era donde solo lo miraba en forma despectiva y borrón y cuenta nueva, sin rencores ni revanchismo por la ofensiva palabra descarriada y deslizado como perro regañado, los que se pierden.

En esa linda región del Urabá antioqueño, especialmente en Apartadó, donde crecí, pude ver muchas cosas buenas y malas para mi edad, lo bueno era que el municipio, crecía a pasos gigantes en población, comercio y obras sociales para los pobladores; pero lo malo era el auge desmedido de la delincuencia y los intereses generados en la zona por sectores armados quienes estaban polarizando a la población.

El gobierno nacional abandonó a la región y las fuerzas de seguridad eran escasas, construyendo comandos policiales que ofrecían poca resistencia a los movimientos guerrilleros Farc, EPL y ELN que día a día cogía más fuerza en la zona con sus promesas de cambio y de ayuda al campesino Urabaense.

Por allá a principios de la década del 70, quizás para el año 1971, las FARC empiezan su campaña con los grupos sindicales, los cuales ya el partido comunista con base en Apartadó, tenía un excelente trabajo de liderazgo campesino.

Consecuentemente, con los trabajadores inmigrantes bananeros, quienes ya se sentían sobre-explotados y sin ser escuchadas sus peticiones, se inicia un arduo trabajo sindical. Desde luego, que el movimiento guerrillero EPL (Ejercito de Liberación Nacional), estaba detrás de muchas acciones sindicales, pues antes de llegar las FARC (Fuerzas Armadas Revolucionarias de Colombia) a establecerse en San José de Apartadó, en Mulatos córdoba y parte de la serranía de abibe, ya el EPL dominaba ese territorio.

Al fin y al cabo, ya hacía muchos años que la guerrilla venia viviendo en convivencia con el campesinado y conocían su modus operandi, los favores que unos y otros se ofrecían no era motivo de ocultarse en una región bien convulsionada sin capitán ni marinero y mucho menos alguien que se le midiera al timonel para guiarla en las furiosas olas del debate social.

Asi entonces, los politiqueros sacaban partido señalándose unos a otros por conquistar las conciencias adormecidas de los sufragantes; los mismos que no les importaba si fuera rojo o azul, siempre votarían, lo que llamamos sin conciencia política de partido.

Asi que, ¡Muéstrame la plata y te daré mi voto! Desde luego, con la guerrilla a su favor aquellas masas sociales desfavorecidas al fin podrían encontrar la oportunidad de que su voz fuese escuchada con el movimiento político Unión Patriótica.

Todo esto era bien normal en todo Urabá y en Apartadó, la guerrilla dominaba; los campesinos queriendo o no sentían el poder coercitivo de las armas y quien tenía los fusiles mandaba; de esta forma, si el ejército en sus patrullajes le pedía agua al labriego, este le ofrecía con sinceridad y humildad y si el guerrillero hacia lo mismo, también.

Cuando cumplí los 18 años de edad, pude observar como las filas crecían de personas con los costales debajo del brazo antes de meter el dedo en los dos colores rojo o azul que los identificaría como sufragantes; ¡pero eso sí! Ya tenían el billetito en el bolsillo para la compra del mercado.

Sin lugar a dudas, el barrio Ortiz era famoso en tiempos de elecciones. No se podría negar que los caciques políticos liberales y conservadores controlaban el eje bananero y para ello ponían todo su andamiaje para que el gobernador de turno designara sus mandatarios locales, esto era antes de 1988 cuando ya entró en vigencia la elección popular.

Toda esta politiquería y compra de votos, originó, el descontento en la clase trabajadora y los campesinos que no veían realizadas sus aspiraciones y necesidades en los sectores sociales más prioritarios se fueron de lleno con el nuevo movimiento de izquierda.

Así entonces, las asociaciones, grupos cooperativos y sindicales tomaron fuerza y a partir de 1988, la UP, se dio a conocer en la región; ya era una nueva alternativa política regional.

Sin embargo, la convulsionada región, seguía desarrollándose a pasos incontrolables y sin planes de desarrollos en sus municipios; todo marchaba desordenado; lo único verdadero era la explotación del trabajador bananero por parte de los finqueros. Ellos si sabían cuántos millones se ahorraban mensualmente sin pagarles beneficios a los labriegos. No entiendo porque mientras crecían los márgenes de muertes violentas, más migración de fuerza laboral llegaba a las bananeras; y Apartadó crecía, porque allí era y es el centro del eje bananero.

Luego surgió la justicia privada, los pagos de cuotas y vacunas y la violencia por la lucha territorial lo cual fueron factores de desequilibrio social en la región. Entonces, esto conllevó a que muchos hacendados entraran a organizar grupos de autodefensa con capital y apoyo de los grandes políticos de la época quienes querían controlar la región con los dos partidos tradicionales: liberal y conservador.

Fue allí, cuando el movimiento de izquierda en la zona presentó todo su trabajo de años con las bases sociales y con el apoyo sindical, la Unión Patriótica se hace cargo de traer una esperanza a aquellos grupos asociativos, a los cooperativos, a jóvenes y a todos los que veíamos la injusticia social como parte de la problemática de la zona.

En general toda la ideología del partido Comunista Colombiano se radicaba en Urabá, básicamente en Apartadó. Don Israel Quintero y su esposa Morelia Londoño y el resto de su familia, tenían su casa que en algunos círculos se le llamaba la "La casa del pueblo" y en mi época de estudiante al visitar dicho lugar, siempre encontraba buen material de estudio relacionado con las luchas de clases, el partido comunista y sus grandes filósofos como Marx, Hegel y Lenin, etc.

La filosofía marxista-Leninista, me llamaba mucho la atención. En las lecturas de los libros de bolsillo, que en mis pasadas leía allí en la casa del pueblo, me adentraba más y más por conocer sus posiciones filosóficas y esto era un gran avance en mis conocimientos para la vida.

Es decir en pocas palabras, el señor Israel Quinteros (que en paz descanse), fue el dirigente que le dio vida al Partido Comunista en la región de Urabá y a él acudíamos los estudiantes curiosos, gomosos sin definición política de partido y ansiosos por conocer más acerca de cómo participar activamente en algún cambio estructural en la zona.

Total, Urabá llegó a contar con más de 10,000 militantes del partido comunista, se hacían marchas contra la injusticia social, contra la represión del ejército hacia los grupos sindicales, paros de los gremios e instituciones, se realizaban con el apoyo de los grupos sindicales.

Desde luego, el sindicato de los educadores Colombianos uno de los más representativos, salían a paro formando sus disparates y por ahí, también algunos estudiantes participábamos apoyando la cause. A mí no me era difícil participar en todo lo que quisiera, porque no tenía a nadie quien me dijera, esto es bueno o malo y me alegro por ello; porque esto me hizo aprender a manejar mis emociones y motivaciones hasta su límite.

Pero, volviendo a retomar el nacimiento en Urabá de la izquierda; lo que si conozco es que allí en casa de don "Isra", muchos jóvenes tomamos real conciencia del acontecer cotidiano y la juventud comunista de Urabá dio sus origines.

Vale la pena mencionar, que en Urabá en la década de los 70s, se presentó, el grupo llamado la mano negra, quienes, todos los días asesinaban según ellos a los delincuentes comunes, ladrones, viciosos y los llamados desechables por ellos, yo tenía unos 16 años de edad específicamente para 1975.

Recuerdo todo esto, porque mi madre y yo, todos los días a eso de 5:00 a.m, íbamos al único parque infantil a buscar a un primo de mi madre llamado Nanre, para ver si lo hallábamos muerto. Pues en verdad, él vivía en la pieza de alquiler que mi madre pagaba y en ocasiones no volvía por las noches y siempre pensábamos que quizás lo habían matado. Cuando llegábamos al parque encontrábamos, dos o tres muertos a balazos, los mirábamos bien para ver si era mi tío; y dábamos gracias a Dios que ninguno era él.

Esa fue una época un poco difícil; pero a la vez interesante, porque en medio de todo esto, solo pensaba en que no importaba lo que sucediera a mí alrededor, mi destino no sería tan incierto si yo aprendía a la fuerza la lección social.

Entonces, me esforzaba más y más por aprender, recitar las tablas de multiplicar, la tabla periódica de los elementos químicos, leer de corrido y aprender algunas lecciones sobre educación cívica y moral. El respecto a los demás, nunca tratar de robar y no entrarle a la droga eran parte de mis negaciones, porque seguramente me matarían, como a los que veía en el parque.

Efectivamente, los anteriores, fueron varios temores que formaron mi agenda rutinaria de crecimiento forzado. El parque infantil de Apartadó formó parte de mi vida emocional y psicológica, recuerdo que el mismo parque infantil se convirtió en mi escape a la realidad, para sentarme a escribir y leer cuando estudiaba la secundaria.

De alguna manera, cuando estaba sentado allí, mi mente recorría los sitios en donde habían estado tendidos los muertos la mañana anterior; recordaba la expresión en sus ojos y las partes de sus cuerpos por donde los agujeros de las balas habían entrado. Era una tortura mental, cavilaba en mi interior preguntándome acerca de cuál sería la verdadera razón de cuidar lo que tanto tememos perder.

Al unísono, mi Corazón y mi intelecto me extendían con su eco su sonrisa de paz y me hacían recordar que la muerte no sería una nueva cultura en mi vida, sino un medio para entender la razón de apreciarla. Alguien me preguntó porqué, escogía un lugar como ese para sumirme en mis reflexiones; pero mi respuesta, de aquel tiempo, se basaba en la búsqueda de paz en medio de la soledad y aquel lugar era especial, pues muchos no acudían allí debido a su reputación.

En alguna instancia de mi razonamiento acerca de la vida y la muerte, concluí que la vida era efímera, la tenía en este minuto y podría perderla en segundos; incluso siendo buena o mala persona y cuando la muerte está preparada a robarles los sueños a los vivos, no le importaba; buenos o malos, se van.

Pude ver como personas inocentes fueron alcanzados por balas perdidas, por una mirada, por una palabra o solo por la sed de sangre del instinto criminal del hombre. Porque para finales de la década del 70 y principios del 80, ya no solo se manifestaban las muertes comunes del Apartadó en crecimiento, sino la presentación masiva de los grupos armados EPL y FARC, quienes tomaban dominio regional, con el apoyo sindical, por lo tanto, ya muchas muertes eran ideológicas y de partido y también se hacía inminente la guerra interna entre las dos guerrillas.

En este océano de vida o muerte, mi conciencia me decía que la vida podría ser larga o corta dependiendo de mi decisión; tenía que observar y tener bien claro acerca de para que fui creado; por eso siempre en mis diarios escribía, allá por el parque infantil, acerca de mis éxitos futuros, de lo que en mi mente se reflejaba como cierto, no solo creyendo que el destino determinaría lo que yo seria, sino mi definida personalidad. Siguiendo con esta línea de pensamientos analizaba y reflexionaba mucho en estas tres cosas:

1) El amigo falso
2) La hipocresía
3) La traición y quizás me enfocaba en una cuarta: la envidia.

En Urabá, era de cuidarse de estas cuatro y en Apartadó, muchos murieron salpicados por una de todas. En medio de todo lo que se presentaba en la región, siempre la sonrisa, la hermandad y la alegría se hacía denotar en sus pobladores.

Es decir, mientras las peleas se daban, por un lado; las fiestas seguían por el otro, "el muerto al hoyo y el vivo al baile" era el adagio popular, las parrandas hasta el amanecer, el aguardiente que brotaba por los poros, el cansancio de toda la noche de rumba y ese guayabo que pasaban con la nueva caja de cerveza, baño en el mar y la olla de sancocho.

Gente alegre, dicharachera, contagiosa de emoción y motivación, por el solo hecho de ser Urabaense. Esto, ha identificado a sus habitantes y a todos los que tuvimos la gran oportunidad de conocer la zona bananera. Atrás queda toda la mala fama, las masacres, el abandono estatal y la explotación al trabajador bananero.

Asi que, es memoria de corto tiempo, borrón y cuenta nueva; pero no para aquellos niños que vieron como sus padres fueron sacrificados en su presencia, la esposa que vio como le sacaban al esposo de la cama y en fin para todos aquellos a quienes la guerra de las bananeras nunca ha terminado y para los que en dicho trajín de la muerte perdimos familiares.

Para cada uno de nosotros, aún no se ha borrado el tiempo, porque los muertos de Urabá sean por factor político o común, siempre han tenido una relación, "la violencia de las bananeras".

Pero, yendo atrás, hubo muchas personas conocidas, que estuvieron listos para decirme acerca de las cosas negativas que yo hacía en los tiempos de mi juventud; al mismo tiempo muy pocos para ayudarme a entender la época en que me desenvolvía y aquel consejo, orientación o guía que me ayudara a crecer como un verdadero hombre. Luego, esto me hizo entender a la fuerza que mi destino no dependía de los que se apartaban de mí, sino de lo que mi fuerza de voluntad y el querer hacer en mi me respondía.

Evidentemente, en esa vida dependiendo del pasado y presente en mi memoria de joven, echaba una miradita a lo que fui en "Pie Pató", allá en la selva baudoseña, en la curva del Amporá y aquel paraíso. En mi infancia, en esos primeritos años de vida, nunca había visto un cuerpo muerto, la muerte no tenía espacio en mis primeros días baudoseños, no era lo mismo para muchos niños de seis años de edad en Urabá.

Pero, solo recordaba mi Baudó cuando la noche venia y me iba a dormir en aquel mundo lleno de misterio, oscuro y con la luna nueva que faroleaba en la espesa selva y escuchando la ruptura del silencio por los animales de la noche me quedaba suspendido en la inercia del sueño.

Me preguntaba a sí mismo, cómo llamar este estado de mí dormir el de Amporá y el de Apartadó y confundido en mi forma de despertar aletargado, nunca estuve la respuesta. Lo que sí, me respondí, fue que mientras la paz del subconsciente llegaba, mi muerte era inminente al saber que dormido era cuando moría, pues no sabía nada, hasta que volvía a despertar.

En mis pensamientos, me re-encontraba con aquellos seres que se paseaban suspendidos en las oscuras noches y que en el tenue silencio, se robaban la cordura mental e invadían todo mi ser; el cuerpo estaba presente; pero mi espíritu salía a buscar el secreto del nuevo aprendizaje de como poder vivir la vida Urabaense, sin que la muerte estuviese merodeándome y haciéndome señitas como tiernos enamorados.

Mi imaginación, me decía, que la noche era aquella melodía; que con su poder hacia a los seres humanos indefensos, como niños recién nacidos y a merced, de lo que ella quisiera, bueno o malo. En aquel momento, al observar, a los adultos en sus sueños, pareciendo niños de cuna; aunque despiertos fueran diferentes, podía imaginar la serpiente venenosa sin colmillos. Mi padre no se me escapaba de la comparación, pues cuando me daba las palizas, por algún error de niño, lo podría ver como un hombre de temerle muy bravo; pero al estar dormido se tornaba frágil y sin fuerzas para mí.

Pero volviendo a Apartadó, donde la muerte para aquellos tiempos se convertiría en el diario despertar mañanero; entonces, decidí soportar hasta su límite la tarea diaria de tener que vivir a plenitud un nuevo día en medio de lo que fuese, porque en el barrio pueblo nuevo y en las bananeras, cosas pasaban sin que mucho importaran.

Desde Luego, no crecí en los mejores tiempos, no todo fue color de rosas; pero por esos tiempos difíciles es que me siento aún más fuerte y de mente abierta para ver con los ojos internos lo que a nivel externo no podría evitar ver, sin comprometer mi integridad. Mi intelecto; esa visión interna de lo que yo quería para mí, me hicieron desafiar a la derrota, pararme firme en mis principios y crecer con un mejor entendimiento del significado de estar vivo para transmitir un nuevo nivel de esperanza, amor y bondad a cuantos me encontrara a mi paso.

Cuando me veía vendiendo chance por las calles Apartadoseñas, estaba soñando en que ese no era mi destino final, era solo una etapa, mi realidad era ser chancero; pero mi convicción seguía siendo, ser alguien muy especial, al que las acciones terrícolas no podrán alcanzar, tocar o dañar.

¿Y porque no creer que lo que decían del Judío Errante era verdad?, así me llamaban algunos. La vida de casa en casa, de posada en posada, donde cayese la noche, sin padres alrededor, sin hermanos o personas que figurasen ser familia, así, me conocieron en Apartadó. Conocieron al atleta de carreras de fondo, a "Elin Rentería", al estudiante del Ídem José Celestino Mutis; pero no conocieron, al hombre de creación que llevaba mucho que dar de sí, para ver a otros bien.

En ese mundo revuelto del Apartadó pujante, no existía mucho tiempo para fijarse en un simple atleta, miraron solo a uno más de los estudiantes que en vacaciones viajaba a los barcos bananeros a tirar cajas toda la noche, por dos días; al abonador de las plantas de banano, al caciqueador, al alineador, al recogedor de las vacotas y de nylon, entre otros de los trabajos bananeros.

Todo, esto me recordaba que estudiar era mi mejor opción; pues cuando volvía de vacaciones a las aulas escolares, aun mi pasión por tener conocimientos se extendía más, el pódium se volvía mi engranaje para ganar la próxima competencia atlética, descalzo o con tenis croydon o con las famosas "abuelitas" de los sanandresitos.

Ser estudiante universitario, ya me corría por las venas, sin saber cómo; pero ya me veía en la academia; lograrlo sería otra carrera en contra de lo normal, pues no sabía por dónde comenzar; pero ya estaba impreso en mí y en mi subconsciente existía la etiqueta de alcanzar esa meta de pisar las aulas del alma Mater. Mi mente me impulsaba a creer, que aun en Apartadó siendo estudiante de tercero de bachillerato, ya me creía estudiante universitario. Era por ello, que para algunos compañeros de clase, yo según ellos era muy inteligente; sin embargo, no entendían que en mi interior ya estudiaba en la U.

En estos tiempos, la derrota nunca me derrotó, más el triunfo me dio la mano, solo tuve que mirarlo como algo alcanzable, aunque no lo fuese visible, aunque fuera invisible e irreal, aunque fuera solo un sueño más. Mi destino, no lo definió aquella situación actual, pero si la grandeza de una mente dispuesta a aceptar cambios.

¡Sí!, la muerte me rodeo en ocasiones, casi me coge por sorpresa en medio de la calentura Urabaense, en verdad, en lugar y tiempo equivocados; pero por minutos o segundos pasaba de largo. Pude ver como el cuchillo mata-ganado empre-tinado, salía de la mano de los hombres que sin razón alguna se trenzaban en peleas y que a su paso querían llevarse al que encontraran. Y si… muchas veces se estrellaron donde no era su objetivo, el machete que solo dejaba su esplendor, cuando las peleas se arreciaban en copelón, mi lugar favorito para vender el chance.

Inocentes fueron acorralados en el cruce del machete o el cuchillo y la muerte se los llevó no en su tiempo; pero esto solo era el comienzo de la época más trágica de la región; porque las masacres ideológicas ya estaban dejándose ver. Era el tiempo cuando en conversaciones mentales me decía "Caramba" se la hice otra vez a la guadaña, estuvo bien cerquita, tratando de embaucarme; pero se fregó conmigo, la mandé vacía. Lógico que al no tocarme a mí; le tocó fue a otra alma, puesto que la señora muerte, en Apartadó, cuando venía, siempre se arrastraba sus cuatro o más sin preguntar ni pedir permiso tan siquiera.

Pero, como la muerte no respeta pinta, después de verla en la región y en mi vecindario llegó y se me llevó al viejo y a un tío. Allí si me exasperé con ella, pues no debió causarme tanto dolor en el alma; ¿pues yo la había estado buscando primero, para que saciara sus deseos y ya me había despreciado varias veces, entonces porque se me llevó a mis seres queridos y no me tomó a mí?

En mis años de joven en Apartadó, aunque el temor a la muerte no era de preocuparme, también me interesaba en pensar en una larga vida; podría reflejar el deseo de tener una familia, alcanzar a ver a mis nietos, si fuese posible; pero era solo un sueño más; a la vida le cortaban los deseos de vivir en una zona de conflictos internos.

Bueno, estar vivo era un chance, minuto a minuto, la muerte se adueñaba de Urabá, ella perseguía, al sindicalista, al socialista y los que creía que eran comunistas y en fin…a todo el que se identificara con oposición al gobierno partidista.

Por su parte, también creí que no vería, el otro lado de mi mundo imaginario; las latitudes de mis viajes espaciales, la familia, el grado profesional y la convicción de ser un hombre de bien, de sanas costumbres y respeto. El poderío de la muerte, se hacía evidente y quería acabar, barrer de la región todo indicio de las luchas populares, estudiantes de pensamiento heterodoxo, los grupos asociativos, las juntas comunales y cooperativas se veían salpicadas por el remezón del cambio de pensar.

Consecuentemente, la conciencia del pensamiento filosófico de la equidad y re-distribución de la riqueza, de las tierras y de mejor bienestar social para todos, era sinónimo de ser guerrillero.

Bien, yo era parte, de ese grupo de personas cuyas mentes estaban torturadas por la inalcanzable lucha de clases y quería ver oportunidades para todos, no solo para la élite de la politiquería regional, sino para los madrugadores; los que con su sudor y sangre desarrollaban la zona bananera y la vida no les alcanzaba para ver crecer a sus hijos.

Muchas veces, la muerte quiso hacerse cultura en mí, no lo puedo negar; era común escuchar acerca de los muertos del fin de semana y no solo de los asesinados; pero si también de los que fallecían por accidentes de transporte, en su mayoría por la alta velocidad en la carretera, Apartadó- Turbo. Con todo y su poder me quiso dar a entender que, en cualquier momento, cuando menos la esperara vendría; en Urabá sigue esperándome.

Sin embargo, por más que intensificara su poder, la vida pudo más y me dio la sabiduría de poder evitar el temor y ser feliz a mi manera y eso, que con dolor en mi corazón por todos los líderes sociales a los que la muerte les ganó la partida.

Mi madre me dijo, que cuando mi cordón umbilical estaba sanando; mi padre recibió de un tío quien también vivía en el Amporá arriba, un poquito de polvo de la "sierpe", la uña de la gran bestia y me ombligó; lo cual era costumbre chocoana, me echó polvo de guayacán y la hierba quereme. Bueno, todo esto como creencia antigua de que estas cosas me ayudarían a ser un buen peleador, construyera casas y pudiera ser útil a la humanidad con estos poderes (A decir verdad no tengo ni idea acerca de estos animales y hiervas).

Lo que mi padre pensó, fue que con un poco de extra poder, yo podría ser más valiente, más fuerte y sin temor al peligro y cuando la muerte me estuviese rondando, saldría huyendo de mí porque no le tendría miedo; sin embargo, en mi propio pensar aun creo que el poder combativo que hay impreso en mi ser es el que la magnificencia creadora de Dios me ha dado.

Esta historia de horror de lo que los padres de aquella época hacían con sus hijos recién nacidos, me conmocionó, porque en su ignorancia no sabían el tipo de maldición generacional de ocultismo, a la que estaban sometiendo a sus hijos; pero esas eran costumbres de nuestros ancestros africanos, las cuales respeto y tienen gran validez en nuestra cultura.

Para mí en particular, el devenir del tiempo en mis razonamientos y la cercanía que he tenido con Dios desde mi primer encuentro en la entrevista en las alturas, me ha hecho creer, que yo soy parte de su materia y soy su mensajero.

Indiscutiblemente, el niño que creció siendo observado y llevado de su mano, el joven que pudo vencer las adversidades, porque no estaba solo, aunque se sintiera desamparado, el hombre que ha sabido entender el principio de la obediencia y su temor.

Por lo cual, aún continuo creyéndome con poder, no con el de la fuerza material ni de los polvos en mi ombligo; si no, la del espíritu que navega en mi ser, el del que me sostiene y me da de su aliento cada día al despertar, haciéndome pensar que sin su ayuda no soy nada. Pues, los polvos umbilicales fueron secos y mi cuerpo liberado ante su presencia.

En esos argumentos, que he tenido con la muerte, le he preguntado, porqué ella me persigue, porqué a veces la veo tan cerca y de repente salgo airoso; se tiene que volver sin nada.

Desde luego, que los mismos Ángeles, que estuvieron conmigo allá en aquel silencioso momento de mis sueños, me levantan, me encubren, me protegen de tal manera, que yo he podido ver como solo rastrilla la guadaña, me mira con rencor y se desvanece en el vacío; se esfuma como el viento y ni las huellas quedan.

Pero, allá por si acaso, yo me he olvidado, me recuerda a todos los que me han dolido que ella se halla llevado, me escribe los nombres de mi padre Servando, mi tío Guacho, Papa Hernán, Estanislao, Céfora, Astrith, Nelly, mama Digna, mis amigos, Chalá, Silva, Reliberto y muchos más, a los que ella sabe que han tocado mi interior, el corazón sensible; pero aún sigue su odisea por hacerme saber, que Ella reina.

De mi parte, yo le hago caso omiso, la miro con respeto; pero no con cobardía. Me ha demostrado que ella es bien dura y que Urabá le pertenecía en toda su extensión; es más tenía en el bolsillo a los bananeros, quienes ya hacían contratos con los Tangueros.

¡Sí!, los mismos, aquellos criminales de la finca las Tangas, centro de operaciones en el departamento de Córdoba, de los más sangrientos asesinos del eje bananero. Específicamente, auspiciados y dirigidos por los hermanos Castaño: Fidel, Carlos y Vicente.

La muerte, se deleitaba con toda la sangre que vertía de las masas trabajadoras, de los integrantes de la Unión Patriótica como partido de oposición y de muchos más; creo que a veces se aburría de tanta masacre en los 80s. En cuanto a mí; le he hecho saber que yo no le cómo cuentos, aunque se me haya llevado a mi padre y a mi tío en su violencia, yo sigo creyendo que no muero más duermo, así que la muerte no existe para mí en lo personal. JAJJAJAJAJAJAJAJA…te fregasteis conmigo.

Las matanzas de Urabá, hacían preguntarme; si aquellos hombres que en forma de demostrar ser machos, les interesaría tener otros ideales; pero no pude obtener ninguna respuesta, ya que aquel que se enfrentaba a otro con machete, peinilla o cuchillo, ya no le interesaba seguir viviendo, porque cada uno llevaba un objetivo: quitarle la vida a su oponente.

En verdad, esto lo pude notar en aquel día, cuando en pleno centro de Apartadó, yo iba vendiendo ``chance`` y de repente se formó el tropel, en una tarde lluviosa y con mucho calor; ocasionado por el vapor de los 32 grados de temperatura.

Posteriormente, pude ver dos hombres perdidos en el licor que se enfrentaban con sus cuchillos, mata ganado, al caer uno al suelo por una puñalada, el otro se le montó encima, tocándole donde le palpitaba el corazón, para enterrarle el chuchillo. Por fortuna, para el caído, la policía hizo su arribo haciendo disparos al aire y se controló el desorden y la película de terror en vivo se acabó para todos.

Era así, cómo en el campo en ocasiones, se mataban los cerdos, no con cuchillo; pero si con una estaca bien afilada de palma de huerregue". Era difícil describir tanta osadía, falta de remordimiento y amor a la vida misma; pero lastimosamente esa era la cultura; Urabá ardía; los hijos lloraban a sus padres, las mujeres a sus hombres y los padres a sus hijos y las matanzas continuaban con razón para los asesinos o sin razón de ser para el pueblo.

Corrió el tiempo, la década de los 80's estaba cerca y en medio de los conflictos de la guerra; por un lado el ejército nacional y la policía, siguiéndole las órdenes a sus generales beligerantes, se congraciaban con los grupos de ultraderecha.

Luego, la guerrilla por su parte, quería seguir atrayendo más ciudadanos inconformes con el accionar del estado, reclutaba jóvenes y la conciencia popular estaba polarizada; ya no se sabía para donde correr o de qué lado estaban la mayoría.

Por supuesto, que para muchos la misma guerrilla perdía terreno en el Urabá antioqueño por la arremetida paramilitar y algunos simpatizantes, cambiaban de bando.

Para ese entonces, ya se vislumbraban brotes de desplazamientos interno regional; los campesinos buscaban más refugio en territorios de presencia guerrillera; al fin y al cabo, ya hacía más de 30 años conocían sus movimientos; así que mejor se desplazaban hacia barranquillita, Bajirá, río sucio chocó, donde por lo menos encontraban donde trabajar sin peligro para sus vidas.

Y no era materia de pensar, él porqué yo tenía que ver dichas cosas, peleas callejeras, muertes violentas, problemas sociales, etc., estos eran tan frecuentes que el temor lo había perdido, porque la cultura de la muerte se había adueñado de las mentes y la mía ahora si ya estaba al unísono con todos aunque verdaderamente no fuera mi intención.

De todas maneras, la muerte estaba en los trabajadores bananeros con las masacres de la década, la muerte buscaba al campesino, cuando no quería vender sus tierras al terrateniente, quien aspiraba sembrar más banano y la muerte estaba en la zona urbana de los pueblos de Urabá donde se conjugaban los caracteres, la euforia y la valentía.

Por su parte, en los tiempos en que Apartadó era como Sodoma y Gomorra, donde en la zona de tolerancia llamada Copelón, con cantinas a lado y lado de la calle, el bullicio de los pianos al que más duro tocase y un sin número de problemas de orden público; sin embargo, el deporte era la gran opción de cambio.

Efectivamente, el deporte de las narices chatas estaba en su esplendor, los mejores boxeadores salían de la región bananera a darse duro con los de la capital de Antioquia, los atletas de toda modalidad, tenían reconocimiento en juegos regionales y nacionales; Urabá se convertiría en la potencia deportiva y le tenían respeto.

Pero, además, los cientos de atletas de todo calibre de Urabá, hacíamos deporte convencidos de que los colores naranja y blancos de nuestras camisetas estuviesen en el pódium.

Pero esto no es todo, por allí el "chancero" "Lucho" quien hoy escribo estas memorias, deambulaba como parte de la fuerza deportiva y laboral de esta rica tierra Urabaense.

Bueno, aunque tenía que ver muchas cosas desagradables; pero al fin de cuentas, la motivación del deporte era el combustible para mantener prendidos los sentidos de la superación.

Copelón, esa zona de tolerancia maldita al occidente de Apartadó, donde sin querer, tuve que ver en mi juventud muchos asesinatos a mi edad y donde pude ver la muerte hacerse dueña de los fines de semana; pero estos no a balazos sino a cuchillo y machete.

Allí, los paleros, se trenzaban en peleas usando las herramientas de trabajo como: los sables, usados para desmanchar el banano, las gurbias para cortar los gajos de banano en las empacadoras, las chanbelonas, unos machetes extra largos usados para chapear el monte en las fincas bananeras; era un verdadero caos social.

Sin lugar a equivocarme, en ese circo romano, llamado Copelón en Apartadó, cerca de más de 4,000 hombres y mujeres pudiera decirse, fueron asesinados entre las décadas de los 70 y 80s; mientras yo crecía.

Es decir, haciendo un promedio de 4 muertos por fin de semana, solo en Apartadó, aunque a veces amanecían más de cinco o seis y sin tener en cuenta las muertes violentas de los otros municipios del eje bananero, como: Turbo, Chigorodó y Carepa.

Me remueve la conciencia, estar escribiendo acerca de la cultura de la muerte en la promisoria región del oro verde; pero fue y sigue siendo, una de las zonas más peligrosas de Colombia, debido a la confluencia de intereses tanto económicos como políticos y sin un modelo de desarrollo y apoyo para los habitantes.

Después de las muertes por peleas y parrandas, llegaron las muertes con sentido político y de exterminio con la alianza del capital bananero. Posteriormente, las masacres, tanto a miembros de la izquierda como a los sindicalistas.

Pero, además, mientras unos se enfrentaban a quitarse la vida o la vida se la quitaban, otros estaban noveleriando, como decimos, hasta hacían ruedas y desde lo lejos sin ser el deseo de mis ojos, por allí estaba yo con mis talonarios de chance en la mano viendo lo que sucedía.

Cuando veía la muerte tan cerca, ya no me importaba mucho si dormía o moría, pues hoy o mañana, algún día llegaría y esto no me daba mucho para preocuparme. Por eso al pasar cada día, le decía, ya no te volveré a ver jamás; pero no me atemorizaba, pues en cualquier momento podría aparecerse sin ser llamada.

En mi juventud, rechacé la idea de que los criminales son forjados por su asociación con el crimen; más bien por el poder de sus intenciones; pues, la vida depende de la habilidad del hombre para sobrepasar su propia verdad de ser un ser humano racional.

Por cierto, en Urabá, me excedí en mis propias intenciones de convertirme en otro ordinario criminal, por haber visto y vivido en medio del crimen; más bien mis deseos fueron de convertirme en un hombre de bien, de principios y con expectativas de triunfador.

Con este fin, me acogí a mi propia verdad, de que yo tenía que marcar la diferencia entre mis aspiraciones personales y lo que el universo de acciones me ofrecía; aunque hacia parte de una región monopolizada, reconocida por su alto nivel de violencia y una sociedad intolerante.

Desde luego, la región en general no tenía nada que ofrecer para los jóvenes de mi edad, no había programas de desarrollo juvenil, vida social, prevención, intervención, derechos de los jóvenes o autoestima juveniles.

Posteriormente, la falta de este servicio social, hacia más fácil la alienación psicológica, para buscar soluciones a los problemas de fondo sociopolíticos y socioculturales de la región, por medio de la oposición de las masas. Era así, como muchos jóvenes preferían enrolarse a las luchas de clases por medio de la juventud comunista de Colombia "Juco" de Urabá; pero sin garantías políticas.

El tiempo corre y no se detiene, el movimiento social de la gran región bananera crecía a pasos gigantes, porque es del ser humano buscar los lugares donde, haya comida, vestido, y vivienda, tres básicas necesidades y los medios como suplir esas tres necesidades; el dinero. Apartadó, era el centro del eje bananero y les daría a todos los inmigrantes la oportunidad de tener esas tres cosas y sus añadiduras; pero había que pagar un precio, aceptar la diversidad, el desarrollo desequilibrado regional y la estigmatización.

En medio del desorden social, me levantaba con esperanzas y con la expectativa de lograr todo lo que estaba en mi mente. Desde luego, continué entrenando atletismo, hasta convertirme en la figura de la región, ganándole a los duros en carreras de fondo de esa época en el municipio.

Recuerdo, el día que le gané a un atleta de nombre, Alejo, y la sorpresa en sus ojos. Sucesivamente, representaba los colores naranja y blanco del municipio en muchos juegos regionales. Luego, corriendo carreras callejeras descalzo y ganándolas, comiendo banano maduro o solo banano verde cocido con boca chico salado, o con queso y agua; pero la voluntad me llevaba a lograr el triunfo.

Para aquella época, en unos juegos regionales, corría la carrera de 10 kilómetros y al llegar a la meta me desmayé vomitaba algo rojo, entonces allá en ese trance entre la muerte y la vida con la respiración cortada y sin oxígeno, por toda la gente a mi alrededor, solo escuchaba que alguien decía, se destrozó por dentro, pobre "Elin", está vomitando sangre.

Después, me llevaron al hospital inconsciente, desorientado y en ese trance en que me encontraba, solo veía una luz en un túnel como un laberinto sin fondo que me iba llevando y yo flotaba hacia ella, hasta que desperté y me di cuenta que no aquella luz se desaparecía hacia el infinito y ya no estaba.

Fue entonces, cuando realicé, que quizás estuve cerca de la muerte; pero esta me abandonó, o el deseo de seguir viviendo le hizo una mala jugada de escape, como en otras oportunidades y mejor me regresó. Me dejó volver para la tierra firme no aceptándome todavía; tal vez porque aun tenia tareas que realizar, acciones por emprender y aventuras por lograr; creo ahora en mi interior que esa luz era Dios, reprendiendo a la muerte, para darme otra oportunidad de vida.

Mi madre fue a recibir la medalla del triunfo, al teatro Urabá, con llantos en sus ojos porque yo no podía pararme de lo débil que estaba. En cuando a lo que decían que vomitaba sangre; solo fue, que yo antes de ir a la competencia, me tomé un vaso de jugo de remolacha que mi madre me hizo disque para coger fuerzas, y eso fue lo que vomité.

En ese pueblo de tantas disputas, contrastes y emociones, no solo se hacían cosas malas; también en mi época, en medio de la violencia urbana y rural, existían los jalonadores culturales y dinamizadores deportivos quienes le cambiaban la cara a la región. Los concursos de salsa, patrocinados por Fidalgo, un comerciante quien llegó a la región y ha sabido sacarle provecho al emporio económico de Urabá; con su discoteca y almacén de discos de pura salsa de la brava.

De su parte, los trabajadores bananeros salían a sudar la camisa y a tirar pasos, a cual mejor estirara el cuerpo y se contorsionara en la pista de baile de las discotecas diurnas y nocturnas.

Allí; los salseros mayores el Andy Carlos y el Mello, disputaban el premio y el trofeo de mejor bailador de salsa en los concursos del genero. Bueno, era un deleite ver a estos hombres en la tarima con sus parejas, tirándolas de un lado al otro como un trompo y moviéndose como una anguila, sudorosos, y haciendo unos pases increíbles.

Mientras tanto, el público atiborrado en las barreras, saltaban, imitándolos, cuando de repente, salía ese pase insólito y escondido del salsero de la barriada, acompasado con la música de Celia Cruz, Willie Colon o Fruko y sus tesos.

La casa musical de Fidalgo, ilusionaba a los jóvenes de mi edad, quienes queríamos ser bailadores de salsa, los bailaderos como el abuelo pachanguero y la casona eran de sol a sol, noche y día.

Por otro lado, en los soles más calientes regionales, podía verse a aquellos hombres y mujeres, entrelazadas sin movimiento. De veras, estáticas, casi que sin respirar, sacándole el jugo a un auténtico disco de música vallenata y también merengue dominicano; porque a decir verdad, para muchos estos géneros musicales hacen parte de la idiosincrasia del trabajador bananero.

La terapia del baile de salsa, indicaba, el tirar atrás y olvidar las tragedias de los días de insomnio, las picaduras de insectos, las heridas externas y las internas, que dejaba una semana más de cuidados intensivos, de la tan apetecida fruta del banano Gros Michel que ya estaba en decadencia; ahora ya lo reemplazaban las plantas pequeñas del Cavendish.

Pero, para otros, era sacarle provecho a la pareja de turno, tomándola por la cintura y tongoneandose de lado a lado con la música parrandera. Qué buenos momentos aquellos del Apartadó y Urabá de contrastes. Unos bailaban por diversión otros por ahogar las penas.

Así mismo, las actividades culturales de Urabá estaban matizadas con el aporte de los chocoanos con el baile de la Jota, la contradanza y la chirimía; era de gran entusiasmo ver a los clarineteros y flauteros dándole a los instrumentos de viento con la pasión que ha caracterizado a los pobladores con raíces ancestrales africanas.

Por su parte, la tambora y el redoblante hacían vibrar hasta a los caídos; así mismo esos platillos que resonaban en los oídos haciendo evocar la alegría de un pueblo con muchas necesidades materiales; pero con abundancia cultural. De su parte, los costeños, con el bullerengue, el currulao y con las bandas pelayeras, en alusión al pueblo de San Pelayo Córdoba; invadían también las calles en los pueblos de Urabá en las fiestas regionales, las corralejas y actividades comunales.

Pero, yendo mucho atrás, cuando reflexiono acerca de mi pasado; me veo como el hombre más afortunado de la existencia humana. ¿En verdad, no sé cuántos hayan sido alimentados con la leche materna y la leche de su abuela, tal vez muchos han tenido tres madres, una verdadera, otra de cuidados intensivos y la última de crianza?

¿Cuántos hayan sido ombligados con polvo de la lengua de sierpe, quereme y guayacán? Bendecido me siento, cuando recuerdo de dónde vengo y a todos mis ancestros; aun creyéndome que no hago parte de este mundo.

Desde luego, toda la cultura que me dejaron como legado, incluso la forma de re-encuentro espiritual de las creencias de mi padre, de que al echarme todos esos polvos en mi ombligo en sanación podrían hacerme un ser especial, me hacen tener gran respeto acerca de sus costumbres. No estoy seguro, si todo ello haya sido para mal o para bien, en mi vida; pues para mí ha sido motivo de admiración el saber, que aunque viva quizás en maldición por toda la tradición de mis ancestros, aun es un gran legado de mis raíces afro culturales.

De otra parte, Apartadó constituía para mí el revivir de las notas afrocolombianas, pues eran más los chocoanos que los antioqueños y que todos los otros grupos étnicos juntos y esto era suficiente para saber, que el oro verde tenía su esencia en el poder de la fuerza laboral de los hombres y mujeres negros de mi tierra chocoana.

Todo aquel andamiaje, que ahora lo podía palpar oír y ver gratis en la región que me vio crecer, en aquella época de Urabá, era lo más preciado; porque en medio de todo aun había mucha esperanza. Pero, en lo concerniente a lo que sucedía en Urabá, también me resguardaba en visualizar una región con proyección, en donde yo pudiera desempeñarme como uno de sus pilares del progreso; por eso creía que, si me iba a estudiar a la universidad, volvería a servirle como uno más de sus llamados “hijos de Urabá con título profesional”.

Precisamente, en mis reflexiones del Urabá de encantos, en mi mente aparecían las imágenes de lo que sería el barrio pueblo nuevo de Apartadó; las casuchas caídas, las observaba como grandes edificios, las calles pantanosas, las podría ver con pavimento y las mujeres madrugadoras, vendedoras de boca chico salado; como mi madre y mi tía Felipa, las veía vistiendo de gala y regocijadas de felicidad por el progreso, en una inmensa plaza de mercados con orden.

Al final, la vida estaba destinada para mí en esa forma, ver lo que no era como si fuera y punto; ¡así estaba mi mente programada!

Todo esto quizás para que aprendiera a valorar cualquier oportunidad que me mostrara. Recuerdo, que mi vida era de idas y venidas de un lado para el otro, buscando refugio.

Mientras fui pequeño, mi papa Hernán (mi abuelo y mi mamá Digna), tomaron cuidado de mí en Pie de Pató y cercano a mi Amporá. Después, en Apartadó, ya cuando cursaría el bachillerato, viviendo del "timbo al tambo" la historia del andariego vuelve y se repite.

Sin embargo, de esto no me acobardaba para tirarme al suelo y esperar mi derrota; sino, solo para llenarme de más coraje con fortaleza y seguir adelante como el dirigente de mi propio destino.

Con este fin, dejé de lado mis emociones negativas de la época y del entorno; como el odio, el temor y el resentimiento; para intentar alcanzar felicidad e interés por lo inalcanzable, al mismo tiempo, que matizaba la focalización de mis metas en mi subconsciente, convirtiéndolas en algo viable.

De verdad, que no tenía a quien culpar; mis padres ya habían hecho un gran esfuerzo de ayudarme a ver la luz de este mundo, ellos ya no tenían obligación conmigo, porque sus recursos eran limitados y para mí el solo verlos me bastaba para saber por lo que cada uno de ellos arrastraba en su interior.

De todas formas, lo único que me preocupaba, era que de pronto, no me alcanzara la vida ni a mí ni a ellos para decirles cuanto les agradecía, por haberme concebido y de recompensa darles más de lo que mi corazón tenia para ellos.

Comencé la escuela primaria a la edad de 10 años; pero la edad no determinó, el que me desanimara al ver niños que desde los 7 años estaban en grados superiores al mío. Lo cierto fue, que en el camino me encontré con algunos que repetían. Desde luego, que mi concepción intelectual, me animaba día a día para ser mejor, no solo como jóven en desarrollo; sino como el mejor estudiante, así que los años volaron a mi favor y cuando menos pensé; ya estaba cursando el bachillerato en el Ídem José Celestino Mutis, de la región.

9

EL ESTUDIANTE DE BACHILLERATO

Los arduos caminos y el trajinar de la vida, me estaban enseñando a dar pasos en solitario, como gigante algunas veces; creyéndome invencible por la forma como me sentía en mi interior. A decir verdad, sentía el fulgor de ser un joven de principios, que nada podía detenerme, ni aun mis propios pensamientos de temor a la misma vida, que estaba viviendo; ni las intenciones más opuestas a la realidad.

Estos caminos, se volvían dificultosos, tenían obstáculos, parecían que salían de la nada, con deseos de sacarme de mi frenesí, querían derrotarme, se volvían duros; pero yo me volvía más duro con ellos, los castigaba, a veces los endulzaba con sueños pasajeros; pero en el fondo, me preparaba, para la batalla de esos dos mundos, mi mundo interior y el exterior.

Por su parte, el gigante en mi interior, me presionaba, me levantaba por lo alto, me ponía cerca del creador, me confrontaba con él y me decía: tú puedes lograr, todo lo que quieras, porque tienes parte de su ADN de la creación, no bajes la cabeza mantenla siempre erguida y sigue adelante.

Sin embargo, el exterior, se venía con todo, me hacía tropezar e iba de tropel en tropel, atropellado, sin aliento, a veces con afanes hasta para hacer las heces en un, mundo tan inmenso y lleno de maldad e inseguridad, complicado y sin misericordia y al final sin tolerancia alguna.

Pero, además, al ver a los amigos de mi juventud, admiraba a los que eran echados pa' lante, los que tenían el coraje de enfrentarse a los puños, con los que querían manipularlos y someterlos a su voluntad y también los veía con lastima por su intolerancia.

Sin embargo, no era que los admirase por ser los más berracos; si no por el hecho de ellos saber defender sus ideas y principios, pues las peleas no se ocasionaban ni por mujeres, ni por negocios, más bien por la defensa de ideales; en aquellas conversaciones, donde algunos queríamos organizar el mundo y la sociedad a nuestra manera.

Especialmente, donde los temas más utópicos eran la lucha de clases y nuestra propia realidad. Veía yo a mis amigos de juventud enardecerse, sentir la agonía de no poder encontrar solución a una sociedad totalmente quebrantada por su indiferencia.

Precisamente, por defender sus ideales, algunos optaron por adentrarse más por la lucha armada; lo cierto fue, que la vida no les daba para ver realizado ese mundo de sueños de una sociedad llena de optimismo, de respeto e inclusiva.

Posteriormente, también pude ver amigos de juventud, a los que la propia vida los traicionaba en sus encantos y terminaban sin ella, porque ya a su corta edad se sentían fatigados y no le encontraban salida a ese revolcón social y con el suicidio volvieron a la tierra de donde habían sido originados.

Al observar esto, me sobrecogía, me atemorizaba y al mismo tiempo me emocionaba, pues tenía la certeza de que la vida me acompañaría para llevar a la memoria del pasado, los tiempos de la desesperanza, los tiempos del desencanto y los tiempos del dolor; pues tiempos mejores vendrán, me decía intensamente.

Un poco después, pude ver a los hombres y muchachos, pasar de las peleas a los puños y trompadas; lo cual incremento la goma por el deporte del boxeo en Urabá; por las peleas a los machetazos y cuchillos, con fines de coartar la existencia del oponente. Asi mismo, de estas dos formas de peleas callejeras, a los traqueteos de las metralletas, fusiles M16, granadas, tanques y pipetas de gas, aserrados con moto sierras, degollados y todo tipo de masacres que aun en pleno siglo XX continuaron en las bananeras del Urabá Antioqueño.

Inesperadamente, la región del oro verde, por naturaleza cotizada en los verdes; "American dólares", se convirtió en la región mancillada y dominada por la muerte macabra de los grupos paramilitares.

Bueno, pero también tengo que decir, que mi coraje no lo demostré a los meros puños; pero si con intelecto. Con ideas de cambio. Asi que, una que otra vez, me les sacudí a los que quisieron en mi juventud amedrentarme. Con ellos, aprendí que no es de los fuertes ganar las batallas, si no de los que las saben pelear y la verdad es que solo se queman los que juegan con la candela desprevenidamente.

En esa época llena de sorpresas, las penalidades en mí, en ocasiones, disminuyeron las fuerzas en el latir de mi corazón; le acapararon sus verdaderas intenciones de amar y ser amado, de descubrir y ser descubierto y de sentir y ser sentido. Pero, además, por fortuna, las mismas penalidades, volvieron a mi corazón tan fuerte, que en cada latir sentía el fulgor de la sangre correr por todas mis venas a borbollones, llegando a mi mente, queriéndose salir de sus ventrículos, activando mis neuronas y prendiendo ese motor que se estaba apagando en mi, echándolo a andar en busca de libertad.

Vale la pena resaltar, que mi interés y el deseo por saber un poquito más de todo, me llevó a mirar más allá de mi propia pared, de ese muro; aquella barrera, que a muchos puede cegar, pues no encuentran la salida, porque no se atreven a saltar para ver que hay al otro lado.

En mis entrañas y en carne viva, rechazaba el querer hacer lo bueno, porque el mundo que me rodeaba era de maldad, las cosas buenas eran echadas de menos; quizás haciendo lo malo me acompasaría con el mundo irreal y viviría la felicidad marchita como los demás, evitando así tanta contrariedad en una sola mente. Me rechazaba a sí mismo, por no tomar acción en sentido contrario, desnudaba mi conciencia e hice un verdadero recorrido en lo que quedaba de mí, que fuera positivo.

En ese momento, me encontré, que solo era materia putrefacta, que al menor descuido apestaría. Entonces, entendí, que desde adentro hacia afuera, tenía muchas cosas preciosas, las cuales no se descubrían con el ojo humano de maldad. Asi que, miré al espejo de mi vida en aquella edad de sueños y encontré el diseño perfecto: dos ojos, dos manos, dos piernas y todo completito.

Por cierto, la maquina o el motor interior funcionando, al unísono en una combinación tan perfecta, que todo parecía ser compasado por la diestra del altísimo. Efectivamente, reconocí, que aunque lo malo estaba visible, lo bueno tenía mayor valor en el interior de cada ser humano.

Decidí entonces, jamás creerme más que mis semejantes, pues me puse al nivel de todos los humanos, razas y estado económico. Pues, para mí no habría indiferencias ni deferencias, así mismo encontré que los ricos y pobres en espíritu; tenían algo que compartir: amor y este sería la solución.

Me arriesgué, en ese mundo de maldad a devolver sonrisa, por palabras agresivas, a enderezar y quitar los obstáculos, a construir en vez de destruir y a levantar en vez de empujar.

De esta manera, me convencí, de que lo que yo llevaba por dentro, tenía que demostrarlo por fuera; con acciones, aunque ese, Luis Rentería, el otro opositivo a mí me impulsara a ser vengativo social, rencoroso y revanchista; eso quería en mi espíritu mundano; la sociedad me impulsaba en otra dirección a seguir al conjunto: "pa' donde va Vicente, pa' onde va la gente". ¡Ese no era el verdadero Lerca!

Y fue así, como el gigante, Luis Rentería (el verdadero), salía de paseo a la conquista y era allí cuando siempre me veía, siendo el mejor atleta regional, el mejor estudiante de bachillerato, el mejor amigo de mis amigos; mi ego estaba tan alto, que nunca me importó mi procedencia ni mis circunstancias.

A ese gigante, no lo detenía nadie con poder humano; por eso, las puertas del universo, Dios las fue abriendo a mi favor. Por eso mi cuerpo sentía vigor y fortaleza, aun con una sola comida y sin muchos nutrientes. Desde luego, el optimismo me hacía ser vencedor, porque en mi edad cronológica aprendí que solo ganan la carrera quienes creen que pueden ganar y ese era yo.

Así entonces, el aliento me alcanzaba para seguir de pié, con la mirada sin fronteras, castigando el dolor, agitando la respiración hasta su máximo, queriendo explotar el corazón, los pulmones y en fin desafiando a las piedras con mis pies descalzos en aquellas carreteras destapadas; ¡pero con un objetivo claro! ¡Ganar la carrera que había comenzado!

De otra parte, en el aspecto académico, la señora, Nohelia, la cual asistía la cafetería del colegio, me recibía las notas de calificaciones, ella era mi asistente; pues no tenía familia alguna cercana aun teniendo, quien me representara para saber acerca de cómo iban mis estudios.

Con todos estos golpes bajos y descompensados, me la jugaba por ser buen estudiante.

Recuerdo, que desde el grado primero F de bachillerato, siempre me peleaba el primer puesto en el grupo, con un compañero, muy inteligente de nombre Luis Segundo; los dos siempre salíamos a izar el pabellón nacional "La Bandera y el Escudo" colombianos con mucho orgullo.

Y estas eran las palabras del coordinador de la ceremonia cada viernes. "Alumnos que, por su rendimiento académico, conducta y disciplina, merecen izar el pabellón nacional" y seguidamente, escuchaba el nombre de 'Luis Segundo Echeverría Sandoval" y "Luis Elin Rentería Cañola" muchas veces de primero y otras de segundo, lo que indicaba que unas veces "Lucho" y otras veces "Lucho" izábamos el tricolor patrio.

A veces, le agregaban la palabra " Y por su rendimiento deportivo" allí, si yo sabía indudablemente, que el primer puesto, como fuera era para mí, no tenía que peleármelo en solo rendimiento académico. Luego, venía el himno nacional de Colombia y el himno antioqueño.

Indiscutiblemente, al escuchar estos dos himnos marciales, sentía mucho orgullo de ser colombiano y de vivir en territorio de los antioqueños; aun siendo de allá de lo profundo de la selva chocoana Baudoseña, de mi Amporá querido. Las felicitaciones de los compañeros y profesores eran motivo de grandeza y respeto para mí, sentía que estaba muy cerca del éxito bien envuelto en humildad.

Era para mí un honor, sostener la bandera colombiana y ver aquel escudo de la libertad bolivariana y al sonido de las notas del himno me iba elevando hasta sentirme en otra dimensión. Bueno, las cosas no estaban mal del todo, porque había una nueva generación en camino con nuevos ideales.

Me hubiera gustado, tener a mis padres cerca, para que cuando recibieran mis notas de estudio, se hubieran sentido orgullosos de mí, al igual que yo me sentía; pero la verdad era que doña Nohelia, mi asistente, me decía con un gran abrazote, lo mucho que ella se sentía orgullosa de mi; al igual que sus hijos quienes estudiaban en el mismo Colegio Ídem José Celestino Mutis.

Mientras pasaba parte de mi tiempo, personal, vendiendo chance y en los trabajos de las bananeras; también estudiaba, y le daba rienda suelta a escuchar la música, pero no a la salsa de moda, sino a la música protesta, sentimental y parrandera. Me confundía, escuchando a Mercedes sosa escuchando su disco gracias a la vida, a Piero, con los americanos y a Cuco valoy con Himno a la reconstrucción. Me ensimismaba y me adentraba de lleno en lo que sería entrarle de lleno a la lucha de clases, reconociendo de donde venía y de todos los prejuicios por los que aun pasábamos las minorías colombianas.

En mis ratos de desvelo, escuchando música protesta; construía una sociedad sin odio ni rencores y donde todos por igual, pudiéramos disfrutar de ese mundo de bienestar que ofrecía; pero esto solo era una quimera mental, porque quizás mientras yo soñaba despierto apostándole a la paz, en otros sitios, estaban quitándole la vida a alguien en Urabá y la explotación al labriego era inminente.

¡Pero, todo esto, me hacía distinguir entre mis amigos como un "pelao vacano", me decían mis amigos, sabe que viejo Lucho! ¡Hermano! ¡Es chévere, ver como usted se supera mi hermano! ¡Cuando mis amigos me daban ese empujón! ¡Motivacional, huyyy, que vaina! ¡Me sentía bien! Y quería ser mejor, y lo estaba logrando a mi manera.

¡A esta altura de mi vida, ya había, logrado, terminar la primaria, ahora estaba en el bachillerato, era uno de los mejores atletas y tenía buena reputación con mis amigos! ¡Esos eran grandes logros para mi vida! ¡Solo por ahora! Porque en mi mente siempre creía que los mejores tiempos estaban aún por llegar.

Con mis labores del campo, como estudiante reclutado, para trabajar en las plantaciones de banano en épocas de vacaciones escolares, le hice un gran aporte al desarrollo productivo de la región de Urabá, la cual aún me debe todos los salarios, que a destajo me pagaron los contratistas y también los que nunca me pagaron. Ellos, nos llevaban a muchos estudiantes a trabajar de sol a sol, por cualquier miserablesa de salario y el resto se lo embolsillaban y como éramos "pelaos", nos engañaban; bueno, por lo menos a mí me lo hicieron varias veces; ¿sabe qué? Tenga la mitad de lo que se ganó, el patrón no me pagó todo, la próxima semana le termino de pagar y aquella próxima semana nunca llegó.

Asi entonces, cuando trabajamos en el barco, como estibadores, organizando cajas de banano toda la noche sin descanso, hasta que nos llevaban el desayuno, cuando nos llevaban a abonar dichas fincas, y otras labores propias de la región bananera.

Desde luego, que solo nos robaban nuestra juventud con cargas de trabajos con jornadas largas de más 8 horas, solo con el descanso de 15 minutos o 20, para tomar algo de comer.

¡Fue en una de esas idas a tirar cajas al barco, cuando empaqué dos panelas y un galón de agua y lo encaleté en cierto lugar cuando llegamos al barco en una de las bodegas y analicé el ambiente, me dije a mi mismo, este será tu viaje, Lucho! Quería entrar a los estados unidos como polizón, ya había escuchado de ciertos jóvenes como yo, que se habían ido en las bodegas de los barcos. Bueno, unos con éxito habían llegado al país del norte y otros no les había alcanzado, la vida para ver su éxito. Yo sentía en mi interior que sería exitoso; estaba dispuesto a tomar el riesgo.

Sin embargo, cuando llegó la hora de hacerlo, la fría sonrisa de la ansiedad y el desespero, me delataron, mientras el capitán daba instrucciones de desembarcar, en el remolcador que nos llevaría de vueltas al puerto de nueva colonia. "me pillaron" y hasta ahí llegaron mis sueños de los "verdes".

Así, cumplidos los 18 años de edad, por allá para los años 1977, obtuve mi documento de identidad, mi cédula de ciudadanía; ya era ciudadano, adulto, casi hombre de mundo ya podría entrar y salir a esos sitios prohibidos para menores de edad y en mi mente estaba, empezar a conocer todos estos vericuetos de la vida en Urabá especialmente en Apartadó, donde me desarrollaba para ser adulto, esos rincones escondidos, aquellos océanos para los menores y que solo los adultos podían navegar.

Fue así, como también empecé a medírmele a "Copelón", para ver si podría experimentar el placer que mi padre experimentaba cuando me llevaba muy pequeño a presenciar sus borracheras y arrebatos de embriagado en infortunio, me sumergí por un tiempecito en el bajo mundo, tratando de conocer más de él.

Corrió el tiempo, disfruté tomando ron viejo de caldas, cerveza águila y guaro y a decir verdad no me causó impresión esta clase de vida; pues aprendí de sus engaños y mentiras y al cabo de muy poco tiempo, me aparte de ese camino. Sinceramente, no tenía nada que ofrecerme en lo cual yo sintiera amor y felicidad, pues todo era efímero, pasajero y refutable. No era el mundo que yo deseaba el vivir de cantina en cantina.

Exactamente, lo real no lo podía ver porque todo era ilusorio, se desvanecía; hoy era y mañana ya no existía, al igual que la vida misma. ¡Reflexionaba en esto cuando compartía con algunos amigos de mi edad y al cabo de cierto tiempo, los veía en un ataúd, me decía a mí mismo! La vida no vale nada, esto no es real y era entonces cuando me decía a mí mismo, que lo único verdadero era lo que yo sentía por dentro.

De otra parte, al irme a cama pensativo, construía un Apartadó sin pobres, sin trabajadores bananeros a ver como seria, y otro solo de los ricos los dueños de las bananeras; pero eran imposibles. Aun así, no entendía; porque si los ricos necesitaban tanto a los pobres y los pobres a los ricos no podían tener una mejor distribución de los bienes y recursos Urabaenses y así todos estarían contentos y de paso las.

Pero, yendo atrás, cuando me detuve a observar los datos en mí cedula de ciudadanía, me sorprendió y aun me sorprende, que la registraduría del estado civil colombiano, escribiera en la definición de mi color el de "moreno oscuro". Creo que es así como la raza negra la define el estado. He investigado, si verdaderamente existe alguna raza de color "moreno oscuro" y prácticamente no sé a qué país pertenecen, porque para los antropólogos, hay cuatro razas: Negra, blanca, amarilla y primitiva; porque, así es como supuestamente las razas se distinguen.

Pero, los eufemismos suramericanos y las instituciones estatales, quizás para congraciarse con los negros o para que los negros no nos ofendamos, nos permite hacernos creer que con la palabra moreno oscuro, nos vamos a sentir mejor. ¡Puras Mentiras!.

Por el contrario, un negro se sentirá mejor, si en sus documentos que lo identifican como ciudadano, lo describen como Dios lo creo con su color: "Negro" porque negro es el término que define a una persona negra, el moreno es un invento más del racismo colombiano o quizás suramericano.

Por su parte, este término, lo han usado los ignorantes racistas, para minimizarnos, cuando nos dicen "Morocho" "Morocha" o "Monocho" Monocha", este último comparándonos de que por nuestro color de la piel somos primates.

Pero en sí, tal vez pueda atribuirse tal definición por el hecho de que la población de Colombia es en alto porcentaje mestiza. Sin embargo, el ser mestizo o mulato, no define la raza negra como tal.

10

LA MUERTE ME TOCO

Para 1979, en Febrero 25 y cuando ya la violencia recrudecía en las bananeras de Urabá; el tiempo en que los terratenientes, empezaban a hacer sus movimientos con la convivencia de los grupos de autodefensa y con el objetivo de desplazar a los pequeños campesinos a como dé lugar; seis hombres hacen entrada a la parcela de mi padre y lo asesinan con machetes.

En todo lo que yo pude investigar a mi corta edad, cuando cursaba el año quinto de bachillerato; pude saber que el llamado "El Vecino", Humberto Escobar, quien era uno de los grandes ganaderos colindante por todos los puntos cardinales con mi padre; tenía algo que ver con su muerte. Sin embargo, este mismo hombre capturó a los asesinos cuando salían de regreso y pasaban por su finca; según versiones, este llamó a las autoridades policiales, ocasionando la captura de los seis individuos.

"la Nena", mi hermana de crianza de unos 11 años de edad, se les había escapado, corriendo al monte porque arremetieron contra ella para asesinarla. Ella, logró internarse en la selva, no sin antes recibir dos cortadas: una en la parte de los dedos de la mano derecha y otra en el glúteo izquierdo.

Posteriormente, fue, la "Nena" quien dio aviso al "Vecino Humberto Escobar" de que varios hombres habían asesinado a su padre. Varias horas después, cuando los hombres salían por único camino veredal, fueron detenidos.

Pero, sin embargo, lo que verdaderamente yo he tenido en mi mente fue, que Humberto Escobar, se congratuló, reteniendo a los asesinos, porque ya había una testigo. Mi padre, ya me había advertido acerca de los problemas que estaba teniendo con dicho hombre y que si algo le pasaría era porque el Vecino, quería comprarle las tierras por el precio que él quería, mas no por el que mi padre solicitaba queriéndolo sacar de por medio. Lógicamente, que su única salida era matándolo.

Fue horrible, ver a mi padre en la forma como estos hombres brutalmente le asesinaron y a pesar de haber visto otros muertos en la población de Apartadó; el impacto causado en mi padre ha dejado huellas en mi vida emocional. De cualquier manera, he podido superar toda disparidad entre la realidad de estar vivo y la negativa penalidad de mí ser; reconozco ahora que aun ni la muerte de mi padre y el dolor interior que me embargaba fueron capaces de derrumbar mis metas.

Las penurias de aquel momento, fueron insuficientes para derrotarme y vencerme, porque les frustré sus intenciones; he sido mejor que el odio, que el rencor y los deseos de venganza. La violencia de Urabá; sin embargo, aun ha dejado una víctima más con problemas traumáticos que por más que pasan los años no se pueden borrar.

De todas maneras, es como una campanita que resuena en mi mente y parece que nunca dejaría de sonar. Cuando vi a mi padre tendido, pensé en el hombre que me enseñó a ser valiente a través de sus actos, el hombre que su mirada me bastaba para quedarme quieto y el hombre que terminaba y no pudo ver mi final.

La vida me golpeó duramente, donde más me dolía en ese entonces; pero también, me enseñó a seguir el consejo de mi difunto padre, a no dejarme vencer por la maldad, y a saber esperar; ¡hijo aquí en la tierra, todo tiene su final; me decía! El instinto de supervivencia y de bondad en mis ansias de desesperación me dieron las pautas para ver el amanecer de un nuevo día 26 de febrero de 1979; pero ya sin mi progenitor; esa era ahora la realidad; mi modelo de admiración y respeto, ya no estaba.

Cursaba yo, el grado quinto de bachillerato, el impacto de su muerte afectó mis estudios, perdí control de mí mismo, me dediqué al licor, a faltar a clases y sintiéndome culpable por no haber estado en la finca ese fin de semana. Sentí deseos de hacer cualquier cosa contra la ley, para que me llevaran preso y en la cárcel tratar de vengar su muerte, comencé a odiar a muchos y a no creer en nadie. Fueron días de marea alta y de pensamientos débiles.

Miré hacia el infinito y traté de conectarme nuevamente con aquellos seres invisibles para el ojo humano; pero que yo podía ver con mis ojos espirituales y no los pude encontrar; mi subconsciente me reprochaba y me decía que con todo lo que había en mi corazón para esos días, sería imposible ver sus figuras y escuchar sus voces; ellos no habitaban en corazones deleitados en el odio, venganza y rencor. Fue así cuando entendí, que, aunque parte de mí se hubiera ido, no podría confundir el dolor con la insensatez.

Asi entonces, la expresión interna de mi ser me revolvió de tal manera que en poco tiempo revivió el querer y el hacer y fui distinto. Transformé mi conciencia, mi apariencia y mi pensar; me convertí en la persona que fui creado para ser y sin mirar hacia atrás; pero con las imágenes siniestras en mi nemotecnia proseguí el camino al descubierto en el mundo revuelto al que fui lanzado. Ofrecí amor donde no había, amistad sin compromiso y la vida siguió su rumbo con caídas y levantadas; pero aprendiendo en cada una de ellas a pararme rápidamente.

En lo académico, la voluntad se antepuso al desánimo y con la ayuda de los profesores, logré volver al carril real de la vida de estudiante. El profesor de matemáticas, me recordaba cuan bueno era yo en algebra y trigonometría, me decía que trajera a la memoria los días en que él me dejaba el grupo entero en mis manos como monitor; lo mismo hacia el de inglés y educación física. Esta motivación me hizo traer a la mente las palabras de mi padre "Hijo; Son muchos los que están alerta para verte caer; pero pocos los que salen a levantarte cuando estas cayendo".

Debo admitir, que fueron varios meses en que las memorias de mi padre venían a mí y donde estuviera las lágrimas me inundaban. Asi, cuando estaba estudiando en soledad de vuelta al parque infantil, las hojas del cuaderno se mojaban de aquel llanto sin gritos; pero silencioso destructor de mis adentros.

¡Y si! La verdad fue, que anduve entre nubes y con la media botellita de ron y la de aguardiente en mi mochila; eran aquellos dos tragos a pico de botella los únicos que podían saciar la angustia interna de aceptar aquella desgracia. La confidencia volvió a mí y aquel final de año, pude ver en mis notas de calificaciones, el reflejo del esfuerzo y el carisma de mis profesores, viéndome no con lastima sino con potencial.

Mi héroe, se había ido, forzaron su salida; pero sus enseñanzas quedaron conmigo, mientras andábamos en esas aventuras, nunca lo vi hacerle mal a nadie; el diálogo era su mejor arma persuasiva y de paz; lo bonito era que le gustaba ayudar a los desamparados.

Cuando aquellos muchachos jóvenes, trabajadores venían del Chocó a buscar los pesos a Urabá; algunos como el que más recuerdo llamado el Papa; tenían siempre un rancho dónde quedarse y comer mientras se organizaban.

Recuerdo, que en algunas ocasiones, cuando íbamos al pueblo de Apartadó, se paseaba por la plaza la Martina varias veces, para ver si había personas varados sin trabajo y a los que se encontraba les daba un billetito de dos o cinco mil pesos; porque aun sin tener mucho, siempre le quedaba algo que ofrecer de la cosecha, Este fue un buen legado que recibí de su parte y ahora sigo utilizando.

Ahora solo me quedaban los recuerdos; pero llenos de optimismo con los pocos libros que podía encontrar a mí paso, porque confiaba que, en un futuro no lejano, mi mente estaría llena de muchos conocimientos, de la letra, el embaucamiento de la ciencia cualquiera que ella fuese y seria alguien ilustrado.

De su parte, el pasado se olvidaría, las memorias pasarían y quizás me transformaría. Me veía, siendo un tinterillo o tal vez abogado, tal vez un científico o quizás un mecánico de carros, destapándoles el motor y poniéndolos a andar y recordaba cuando vi el primero en Quibdó; vaya sorpresa la mía. ¿Así mismo me imaginaba como seria yo bien vestido?

Mi modelo, me enseñó a velar por mí mismo y a estar preparado, para la hora cero, cuando sin saber alguien, quisiera sacar ventaja de mí, entonces, también le respondería sin temor alguno. En ocasiones, hombres pendencieros, que por el solo hecho de ser adultos, querían descargar sus ironías en los menores como yo, se equivocaban conmigo.

Asi que, por mi estatura y mi cuerpo delgado, creían hacerme sus caballitos de carga; pero se fregaban conmigo, mejor me ignoraban y al final de cuentas todo en paz se solventaba.

La vida me enseñó, a ser desconfiado, hasta de mi propia sombra, a ser egoísta y silencioso, sin hablar más de lo que tengo que decir y aparentemente sin demostrar el amor. Lo cierto de todo, es que, en mi interior, yo siento que soy un hombre amoroso, abierto a los que me demuestran aprecio y cariño y cerrado, para los que me demuestran desprecio.

De veras, un poco vengativo y un poco sin remordimientos para con los que mis males intentan. Dentro de mí, siento compasión por los débiles, por los que no tienen quien alce la voz en su defensa y quiero yo tomar su vocería y demostrar a sus opresores que aún hay alguien dispuesto a jugársela, por aquellos a los cuales ellos tienen dominados.

¡Un poco rebelde con mi padre!, si, así fui yo, de ahí que, para dominar mi ímpetu, me acariciaba con el tres patas; su "rejo de vaca" me daba tres latigazos y las marcas que quedaban en mi espalda y en los pies me hacían entender que ese era el precio a mi desobediencia y que al padre se le respeta tenga o no la razón.

Ciertas veces hasta el orine se me salía a causa del dolor que sentía al recibir los dos cuerazos; pero igual, el padre era él, hacia él no sentía deseos de venganza, porque lo admiraba, respetaba y entendía porque me castigaba; porque tampoco mi carácter era muy dulce.

Cuando después, se sentaba conmigo me explicaba letra por letra por qué lo hacía: "Yo quiero que aprendas a ver la vida diferente. ¡Porque si sigues así, te va ir muy mal me decía; ¡hijo tienes que doblegar tu orgullo!; a lo que yo le respondía, con una mirada recelosa y quizá de temor! Y sin palabras; ahora creo que todo eso me enseñó para ser lo que soy sin ser un masoquista.

Al final de aquel sendero, la luz del entendimiento me acechó, me sacudí, me lavé el rostro, dejé atrás las penas y recuerdos, me consolé a mí mismo. Pero, además, para esto, tuve que recurrir a recordar los buenos momentos que pasaba al lado de mi padre, de sus consejos para ayudarme a ser un hombre, de sus latigazos con el tres patas, las pelas con su correa para corregir en mi carácter y el mensaje que quiso que aprendiera así fuera a los trancazos.

Todo por lo que estaba pasando como estudiante de bachillerato, la muerte de mi padre y el no tener a mi madre cerca, me daba más coraje para seguir adelante, luchando con la esperanza de lograr llegar a la meta deseada, sin mirar atrás; un día con hambre; pero al otro día lleno el estómago.

De cualquier manera, así fuera comiendo banano cocido o solo maduro, como los pájaros, días sin comer algo de sal, solo con agua, "rollos y recortes baratos de la panadería "Trigalia", otro día con lo suficiente para pasarlo como rey, 'Dos golpes, desayuno y cena". Pero, en fin, así fue parte de lo que no pude cambiar y que no puedo negar y si lo negara me quitaría la madurez y el tesón adquiridos.

Se me olvidaba mencionar, o quizás fue un olvido intencional; que, de mi hermana de crianza, la "Nena" Clara; nunca supe más, nos separaron por coincidencia o por conveniencia sentimental; pues me sentía ligado a ella, como mi verdadera hermana de sangre. La nena se criaba con mi tío Olimpo y yo me marchaba para la ciudad de Medellín en busca de más conocimiento.

¡Un pasado con expectativas! Lleno de muchos deseos de superación y daría lo que fuera, por que llegara a su final y mi mente lo alejara sin crear raíces; ¡pero la verdad es otra! Por lo cual tampoco culpo a nadie, porque todo esto me enseñó a seguir de pie, mirando hacia adelante y con mucha fuerza positiva de que vendrían cosas mejores.

Y fue así, como recurrí a valorar lo que de mi salía, creyendo de que, al correr del tiempo, la felicidad llegaría a mi corazón afligido; sin embargo, primero tenía que saber afrontar mi propia verdad; la pena, el olvido el desprecio y las desavenencias de lo que externamente parecería que fuera verdad, pero que no lo era, porque la verdad la tenía yo en mi interior.

Y vuelve en Urabá, una tierra de mezclas de diferentes razas, el racismo irracional; pero ya no era de blancos a negros, sino entre negros y negros; pero distinguiéndose los negros del chocó de los negros de la costa. Los costeños, segregando a los chocoanos, en ocasiones los chocoanos insultando a los chilapos o los cordobeses; pero al final era un racismo racional, porque entre los "mama burra" y los chocoanos come plátano nos entendemos y sin ofensas.

¿Pero ciertamente, en lo que a mí concierne; quien ha sufrido persecución, quien ha sido vituperado por su forma de hablar, quien ha sido rechazado por el color de su piel, a quien le han cerrado las puertas en sus narices porque no quieren que su hijo o hija se mezcle con un negrito? "Los negros en Colombia" Yo lo he sufrido en carne propia, aunque a veces en mi cara me decían ciertos compañeros blancos, de que a ellos no les caían bien los negros; ¡pero que yo marcaba la diferencia para ellos! Este no era un gran halago para mí más bien mejor me alejaba de sus amistades, eran de gran peligro para mi manera de ver la vida.

Desde Apartadó, en Urabá; pude aprender a distinguir acerca de los valores que la vida me iba enseñando. La verdad siempre me acompañaba, pues no había razones para mentirle a nadie y porque me pesaba la boca hacerlo, la justicia, aunque no la practicaba a menudo, siempre me ayudaba.

Por supuesto, no me gustaba juzgar a las personas, sino más bien a mis propias acciones, la compasión, me acompañaba por donde caminaba, el respeto a los ancianos, las mujeres y los niños fueron mi primer punto de atención. De esta forma, creí que estos valores humanos podrían ser ejecutados.

Contrario a muchas personas, que sacaban ventaja de estos tres grupos, burlándose de los primeros, demostrando poder sobre el segundo y maltratando a los últimos. El amor fue efímero, en mi vida de estudiante de bachillerato. Solo pude contemplar a la distancia, la época de los enamorados. La timidez no me dejaba hablarle de sentimientos a ninguna de las muchachas de mi edad, y porque era tanto mi afán por lograr mis metas, que tenía temor que al enamorarme, de pronto me olvidara del punto hasta donde quería llegar.

Todavía yo no había aprendido a dar mi amor, pues lo tenía reservado y o quizás escondido; pero algunas veces, se salía sin permiso, el muy andariego y terminaba entusiasmando a alguien; para luego decirle, que me disculpara, puesto que no sabía, como se había salido por un momento de su lugar. Sin rencillas y sin rencores, la vida seguía igual, solo con deseos reprimidos de amar y ser amado; pero sin comprometerme, en relaciones serias.

Para aquella época, todavía no había muchas acciones tan violentas en la región del oro verde como las masacres selectivas; pero la muerte tenía su campo de batalla. Por esa misma causa yo no le temía, no me impactaba, no le demostraba cobardía alguna; pero si sentía dolor de incompetencia, cuando los seres humanos, no tenían compasión por sus semejantes.

Al final, me volví parrandero y bebedor…Bueno, esto último no tanto, por mi dedicación al deporte; pero si me descarriaba de vez en cuando y terminaba agarrando la botella de "guaro" y elevándome con varias cervezas águilas a las latitudes de la cheveridad. Especialmente, en los fines de semana, cuando estaba a punto de terminar el bachillerato. Había muchas preguntas sin respuestas.

Cuando me gradué en 1980, en medio del tumulto de padres de familia, desde lo lejos, pude ver a dos de mis tíos: Olimpo y Licimaco, quienes fueron avisados acerca de mis grados y vinieron de sus fincas donde trabajaban a felicitarme; pero ya la ceremonia terminaba; hicieron tarde su arribo. Por su parte, doña Nohelia, lloró con migo, mientras me entregaba el documento que me calificaba como bachiller académico, mis tíos observaban a la distancia, quizás muy complacidos.

Una semana después, algunos compañeros de estudio hicieron fiestas de grados, comilonas, regalos y allí estaba yo de invitado sin tarjeta; pero ellos me conocían y me permitían llegar. Por lo tanto, me gozaba la mayoría de las fiestas, buscando con ello apagar la nostalgia de no tener mi propia fiesta; pero todas a las que fui, las tomé como si fueran mías.

Luego que terminé el bachillerato, en el mes de Diciembre y habiendo bebido todo el licor que pude durante las fiestas de grado de mis amigos, viajé a panamá con mi compadre Olegario y su hermano Oscar; especialmente a la provincia del Darién. Olegario, cuando era niño había viajado por Yaviza Darién a panamá con su padre y después su padre lo trabajo de vuelta a Apartadó y se volvió para hacer vida en panamá, así que este quería volver a ver a su padre ahora que ya era bachiller, pues su hermano Oscar no lo conocía muy bien.

Así que empacamos maletines y a rodar hacia turbo, para embarcarnos en una chalupa con motor fuera de borda por la quebrada cacarica. Luego, caminamos por las selvas del Darién, donde muchos se habían perdido intentando llegar hasta panamá y otros habían sido asesinados en la travesía.

La primera noche, arribamos a un pequeño caserío en la quebrada cacarica y allí encontramos que sus pobladores eran especializados en el cultivo de la "marimba”. Las calles del caserío en medio de la selva, las adornaban con botellas vacías de aguardiente y los dólares volaban de lado a lado.

Bien, eran hombres con semejanza campesina; pero con bastante sagacidad. De veras, tenían los puros dólares americanos, los codiciados verdes; fajos que quizás no cabrían en mi mano.

Allí muy por la mañana, cayeron varias avionetas hidroaviones, las cuales levantaron las pacas prensadas de marihuana, y según me dijo un conocido que me encontré en esas arrabales y barriales irían con el producto para los estados unidos, esquivando los radares de la guardia costera y volando a poca altura. La verdad es que esto no era nada extraño para mí, yo venía de ver ese mundo de producción y a mi edad ya conocía cuál era su verdadero movimiento, era casi cosa pública en Urabá.

Al siguiente día marchamos por las selvas inhóspitas del Darién, llegando al palo de las letras, el cual marca el límite entre Colombia y Panamá, en plena selva, por ese camino han quedado muchos en sus aspiraciones de llegar al vecino país, han quedado perdidos en la selva; pero ni aun estos cuentos de la selva que nos contó un guía quien nos llevaría hasta ese lugar, nos pudo detener de seguir adelante.

Como a eso de tres horas de camino en la selva donde solo se escuchaba el rugir de los tigres, monos y aves, nos encontramos con unos cazadores, quienes nos preguntaron que si habíamos visto las huellas del gato que andaban cazando y nos advirtieron tener mucho cuidado, porque era peligroso aquel animal. Pues ya hacía varios días le seguían sus pisadas. En lo personal, me preocupé un poco y pensé a lo mejor es un tigre mas; pero igual nada podría hacer y si el tigre se aparecía, habría que enfrentarlo así fuera a los garrotazos, porque yo llevaba un bastón en mi mano, para ayudarme a no resbalar y caer en el pantano.

Luego de varios días durmiendo en pequeños caseríos que encontrábamos, al fin llegamos a la población de Yaviza Darién, donde según Olegario se encontraba su padre, y por cierto allí nos mostraron donde vivía con su compañera de nombre Ruperta, una anciana muy amable, la cual se llenó de alegría por conocer a los hijos de su marido Oscar.

Después de varias semanas en esa población y de aprovechar aquel inmenso río, de bañarnos, de pescar y participar en eventos comunitarios, regresamos hacia Colombia; pero ya no por el mismo camino, sino en una avioneta. Desde luego, que los viajes eran entre pequeñas poblaciones y una de ellas era Puerto Valdivia en los límites con Panamá y Colombia y de allí cogeríamos bote hasta turbo nuevamente.

Esta fue mi odisea en el mar aquel día, marzo 4 de 1981: "Eran las cuatro de la tarde de aquel maravilloso día, las nubes resaltaban en el firmamento en un cielo azul celeste, el calor nos fatigaba demasiado y la población de "Puerto Valdivia" se veía colorida del encanto de una tarde más en los límites entre Colombia y Panamá.

Las autoridades panameñas nos requisaron los maletines, respondimos varias preguntas a los guardias de aduana y encontramos a un motorista de nombre Alim Quejada Izquierdo, quien saldría en 30 minutos con mercancía de contrabando para turbo; llevaría un cargamento de losas y quizás algo más que aparentaba con papeles legales. Hicimos el trato con este que nos llevaría por U.S $12/persona, cerca de $600 Pesos Colombianos/persona, al cambio en marzo de 1981.

Dos motores fuera de borda uno 45 y 25 caballos de fuerza, tenían el poder de mover la pesada embarcación; los ocho pasajeros y el motorista con su ayudante. Los otros cinco pasajeros se veían cansados, tristes y reflejaban la añoranza de dejar su tierra panameña.

Cuando bordeamos cabo tiburón le cayó agua en el mecanismo a uno de los motores fuera de borda; el de 45 hp y se apagó; la brisa marina en aquel verano de marzo era tenaz, las olas descargaban su furor en aquella embarcación; pero al parecer no había salida, pues el destino quiso que el otro motor también perdiera su fuerza y quedara mudo a merced de las grandes olas.

Los delfines anunciaban el peligro, daban brincos cerca del bote, parecía que anunciaban la presencia de extraños en su territorio. Los motores no daban señal de funcionar, por más que Alim y su ayudante intentaban arreglarlos; todo era en vano, las olas se tragaban la embarcación y después la sacaban a flote como una hoja cayendo en el otoño; se podía ver el temor reflejado en los ojos de los pasajeros y el propio motorista nos advirtió que nos preparemos para nadar, porque ya no había esperanzas de evitar el naufragio.

El crujir y el ruido de las olas, empeoraban la escena, el mar y su fiereza, se congratularon y todo estaba casi perdido; peligraban las vidas de 10 personas, la brisa ahora se tornaba muy fuerte, las olas se estrellaban en un bote a la deriva sin compasión. Los gritos desesperados de los pasajeros ponían el ambiente aún más extenuante; unos sacábamos agua y otros se amarraban, para que las olas no los sacaran con su furia y de paso invocaban a sus santos y a la virgen del Carmen, para que los salvara.

Mientras tanto yo, estaba con los dedos pelados y las manos con ampollas de sacar agua con la tapa del motor de 45 hp y por nada en mi mente pasaría a esas horas que debía invocar a los seres que en otro tiempo me acompañaban en mis sueños cuando los necesitaba; ellos se habían esfumado de mi mente aquella hora y ya era solo yo, en cuerpo presente.

El motorista empezó a arreglar una bolsa plástica con sus pocas pertenencias, algunos viajeros estaban bien confundidos y estáticos votando todo el manjar ingerido antes de embarcarse, otros solo gritaban y seguían invocando a todos los santos y santísimas; pero Olegario y yo continuábamos tirando agua del bote con el casco del motor sin parar.

Los gritos de ayuda y de socorro sucumbían ante el poder de tan inmensa belleza temeraria, se ahogaban las voces en la extensa cobertura de las aguas, los delfines continuaban su presentación; brincaban, se mostraban a lado y lado dándonos esperanza; pero los corazones se sentían desechos del temor. Las olas nos envolvían y luego nos soltaban. Olegario y Yo, ya no dábamos más, nadie se veía en socorrernos, pues aquel botecillo era como una pluma trajinada por el viento.

Aquí en esta posición de inconformidad, quise aprehender en el hueco de mi mano una gran cascada formada por aquella ola que casi me saca de la nave; fruncí el ceño en descontento por su osadía; la reprendí mentalmente; pero al instante mi subconsciente me dijo que no podría yo ponerme a la altura del hijo de Dios Jesucristo; pues a El si le harían caso. Así las cosas, solo me bastó con invocar su santo nombre y recordar mi gran encuentro con tan alta majestad allá por las alturas en los tiempos de mi niñez.

Quise lanzarme al agua; pero sentí una mano que me agarró muy fuerte y me tiró hacia atrás, creí que Olegario lo había hecho; pero ya él estaba al lado de la popa buscando sus pertenencias y yo estaba en el centro del bote, hasta hoy no sé qué humano lo hizo o fueron mis amigos que vinieron de la eternidad con misión de auxiliarme. Asi mismo, le sugerimos a Alim que tiráramos la mercancía al agua, para aliviar el peso del bote, el dijo que no, que nos hundíamos con todo. ¿Pero saben qué? Es mejor que se preparen para nadar.

Por lo tanto, en nuestra angustia, vimos unos pescadores aparecer de la nada en una canoa muy pequeña y con un motor de 25 hp; perplejos aun estábamos pensando en que sería un espejismo, fruto de la imaginación del desespero. Asi entonces, cuando nos tiraron las cuerdas que remolcarían nuestra embarcación cerca de la playa más cercana, me di cuenta de que no era una alucinación; pero si la realidad.

Así, fuimos salvados de morir en el mar y poder tomar esta odisea como parte de mi fortalecimiento espiritual y el mismo hecho de saber que tal vez aquellos pescadores no lo fueron.

Fue así, como al llegar al puerto de Turbo, volvimos a revivir en nuestro aliento y allí venia la lucha de conciencia, para ver qué sería de mi destino, que me esperaría en los días siguientes. ¿Cuál sería mi opción?

Bien, al arribar a Apartado, volví al parque infantil a meditar, a conectarme con mi mundo invisible, a cerrar los ojos y creer que lo que traía a mi mente era real; allí entonces aprendí a recibir como cierto lo que no tenía y que ni en mis íntimos pensamientos lo podía concebir.

Entonces, viajé por el mundo, la brisa marina acaricio mi faz, me llené de frío en medio del calor de las once de la mañana en aquel día soleado y pude verme subir a las alturas, solo para preguntarle al creador porqué aún no se desentendía de mí y me soltaba; tal vez en el mar hubiera servido mi cuerpo mortal de alimento a las criaturas marinas y hubiese tenido mayor valor.

Un poco después, desperté con la mirada perdida, observando el movimiento de las nubes y quise brincar y subirme a una que estaba directamente en posición vertical conmigo con figura abstracta, para ver adonde me llevaría.

En aquel momento, no tenía rumbo ni destino fijo y tal vez andaría con ella por mucho tiempo, mientras mi mente decidía el verdadero camino.

No sabía qué hacer en Urabá, mi ciclo de vida en Apartadó se terminaba, me sentía perdido en medio del color verde de las hojas de las plantas de banano y su podredumbre del rechazo a orillas de las carreteras. Las guardarrayas aledañas a las empacadoras, se convertía en el tiradero de la fruta sin valor.

Por su parte, el olor putrefacto, las rutinas callejeras y la novelería ciudadana del pueblo me asfixiaban sobremanera, tenía que decidir a como dé lugar y buscar una salida.

Por otro lado, Urabá ya no era lo de antes; las quebradas se estaban secando por la deforestación indiscriminada para la siembra de la fruta de exportación, la población seguía recibiendo inmigrantes, desplazados y crecía a pasos gigantes, las costumbres pueblerinas se habían perdido y los intereses políticos y sociales ya cambiaban de turno. Al ver todos estos cambios, opté por echarme a perder a la capital de Antioquia, a esa urbe de cemento, por la que había estado solo de pasadas y que su reputación me sorprendía.

11

AHORA EN MEDELLIN EL ESTUDIANTE UNIVERSITARIO Y EL DEPORTISTA

Cuatro días después, viajé a la ciudad capital de Medellín buscando un nuevo horizonte, sin dinero y sin lugar donde llegar en mente. Pero, mientras me encontraba en el bus, recordé a un tío quien era policía radicado en la gran urbe, así que pregunté por él en el comando central de policía y fue tal mi sorpresa, que ya salía de su turno y me llevó a su casa.

Precisamente, para los años 80's cuando yo terminaba mis estudios de bachillerato y decidí, marcharme de Urabá en búsqueda de nuevos objetivos, era cuando la región entraba en una verdadera contradicción, aunque ya venían dándose grandes problemas.

Pero, fue en ese año cuando los propietarios de las fincas bananeras, vieron como el partido comunista se fortalecía y con él los grupos sindicales a los cuales asistía en asesorías entre ellos yo escuchaba de Sintagro al igual que Sintra banano; sindicatos estos formados desde mediados de la década de los sesentas, para contrarrestar las faltas de garantías laborales en la región por parte de los empresarios bananeros.

Posteriormente, con las masas de estos grupos sindicales, el partido comunista, formalizaba sus bases acerca del proletariado y las luchas de la clase trabajadora. Pero además, no se puede olvidar de que las organizaciones guerrilleras que operaban en la región como el EPL y el V frente de las FARC, mandaban la parada en las soluciones armadas.

De todas maneras, aunque yo no estaba en el ambiente sindical por ser estudiante, si me gustaba escuchar en las plazas públicas a los sindicalistas publicando sus arengas políticas, con un diseño bien convincente de lucha para reivindicar sus derechos como trabajadores del agro.

Pero, además, así también como perdían terreno los dueños de las fincas por la estable organización campesina, empezaron a organizarse en forma acelerada con los grupos de autodefensa ACCU (Autodefensas campesinas de Córdoba y Urabá) de los hermanos castaños y el MAS (muerte a secuestradores) formado por Pablo Escobar.

Desde luego, que esto me hizo entender que Urabá ya no era una zona folklórica para mí; la vida no tenía mucho valor y desde muy temprana edad y en mi vida juvenil ya había visto mucho crimen en esa tierra tan caliente. En cualquier momento una bala perdida o un mal estacionamiento me haría reunir con mi padre y si ya la vida me había dado el chance de evitar la muerte, ¿porqué no sonreírle en otras fronteras? Así que, estaba bien agradecido de marcharme de aquella convulsión social.

Mientras estuve en el barrio Zamora donde mi tío, comencé a correr en el vecindario, el atletismo seguía siendo mi pasión y la terapia de escape a la droga y los vicios propios de la juventud.

Evidentemente, el atletismo me había venido ayudando desde muy pequeño, no solo como un escape a mi soledad, si no que era el medio por el cual estaba avanzando en mi educación, recibiendo becas para el pago de mis derechos de estudiante.

En Apartadó, me había Ganado el reconocimiento deportivo por mis tantas representaciones en juegos regionales y departamentales. Ahora en Medellín, quería repetir esa historia, así que comencé construyendo mi vida deportiva en la ciudad. Por las mañanas y tardes, corriendo en calles de la barriada hasta el barrio Santo Domingo, por las madrugadas recibiendo la mirada atónita de los hombres, mujeres y niños de la calle; los sin hogar; era la nueva visión de la ciudad.

Después de varias semanas en Medellín y sin trabajo, mi tío se empezó a preocupar, así que me consiguió trabajo en una carpintería; ahora ya corría desde el nuevo lugar donde nos habíamos trasladado el barrio Robledo hasta la pista de atletismo Alfonso Galvis y de allí hasta el trabajo y viceversa.

Por su parte, en mi camino podía ver a los pelaos de la barriada, los que cuidaban las esquinas, a los que no se les podía mirar muy fijamente. Los muchachos, que se hacían respetar de acuerdo a los muertos que llevaban encima, para los cuales ya mi espíritu de pasividad los había alcanzado y en ocasiones hasta me animaban con un ¡buena esa more!

Eran de temerles, de no faltarles en sus causas y hacerse el de la vista gorda. Cuando pasaba por sus comunas en el barrio Manrique oriental, por el barrio Doce de Octubre en sus subidas, fortalecía mis piernas y cuando me adentraba por Santa cruz, Buenos aires y San Javier; lo hacía en un viaje que no sabía si tenía regreso o no.

Pero, el miedo no me iba a detener de hacer lo que quería en mis entrenamientos. Sin embargo, los malosos saben a quién le pueden causar daño, o quizás su filosofía de la muerte a veces los hace que desprecian a los que para ellos no les vale perder una bala.

¡Entonces, cuando corría cerca de ellos, solo me animaban! ¡Buena esa mi raza! Huyy hermano que negro pa' correr, les escuchaba comentar; sin embargo, otros también me gritaban: Cójanlo, cójanlo, cójanlo y echaban las carcajadas.

Pero esto es todo, en otra ocasión corría por el sector de Belén Rincón, los sardinos de la banda estaban en su esquina y cuando pasé corriendo, uno de ellos tenía su arma en la mano; ¡algo que yo vi como un revolver y me apuntó y solo hizo con la boca! ¡Bang! Y se puso a reír con los amigos.

La verdad, fue que me asusté un poquito; pero, como iba corriendo con la sangre bien caliente, no les paré bolas y seguí, sin mirar a nadie; pues esa era la regla. Es decir, por una mirada se podía perder la vida.

Parecería masoquismo; pero ya me estaba acostumbrando también en Medallo a las trifulcas que vi en Urabá. Además, no venía tampoco de una zona muy pacífica. Precisamente, de una de las regiones más calientes de Antioquia en materia de orden público.

Indudablemente, el temor a la muerte no existía en mi manera de vivir y además no era una barrera para conocer más de la ciudad.

Evidentemente, la osadía me permitía meterme por rincones periféricos de alto riesgo con el fin de conocer, no solo la apariencia de la ciudad turística, si no la verdadera pobreza absoluta de la gran mayoría de habitantes. La verdad era, que siempre me decía "el que no la debe no la teme".

Por su parte, en ocasiones me tomaba unas cuentas cervezas cuando algún amigo de Urabá venia y me lo encontraba. Un poco después, me montaba al bus, me dormía y el chofer me tenía que llamar cuando llegaba a la estación terminal, pues ya no había más para dónde ir.

Posteriormente, me iba caminando buscando el lugar donde vivía, a veces caminaba una hora o más, dando tumbos de lado a lado. Sin embargo, los muchachos de la esquina nunca se metieron conmigo; pero nada extraordinario pasaba en mi vida.

Especialmente, cuando yo buscaba que la vida se acabara de una vez, la muerte me despreciaba en aquella época o Dios me permitió vencerla; ¡le hice pistolas! Al final de cuentes, solo bastaba estar vivo, y esa era una oportunidad.

Pero, yendo atrás, en mis tiempos en Medellín, volvieron otra vez a ensañarse de mi mente los sueños volando, ya no como aquel ser que llegaba a reunirse con otros seres halla en el inmenso universo; sino como el hombre real que tenía un intelecto rebosante de conocimiento y que el único escape era volar.

Desde luego, siempre me ha acompañado esa quimera mental, empiezo a correr y me voy levantando, ya no corro, sino que vuelo por encima de todo el mundo; los de abajo en la tierra me observan y se sorprenden, de como yo estoy por encima de todos, volando con alas de águila, me subo a la copa de los árboles y desde allí puedo ver el mundo y su extensión y todas las riquezas espirituales que tiene.

Finalmente, puedo observar como desde allí busco tirarme como las águilas en caza y llego a un abismo muy grande; pero cuando voy en picada hacia abajo, inmediatamente, mis alas se extienden y empiezo a remontar el vuelo en forma de planeado, me vuelvo a elevar hasta lo más alto y aun los que hay en la tierra continúan observándome como lo hago con mucha admiración.

A veces, hay unos ríos muy cristalinos que yo no tengo como pasar a la otra orilla, sin embargo, me empiezo a elevar, muevo mis piernas y en vez de caminar, empiezan mis manos a formarse como las alas del águila, remontando el vuelo y cruzo a la otra orilla. Bien, en ocasiones solo me da el aliento para llegar al lado opuesto sin tocar agua y es cuando digo, ¡Caramba! Casi que caigo al agua; ¡pero gracias que llegue hasta esta orilla!

La sabiduría se riega en el suelo del cosmos y se hace tan extensa que los que están allí quieren untarse un poco, quieren contagiarse de la verdad, del amor y la pasión por ser alguien con dones especiales; no lo pueden conseguir, porque aun regada no es para cualquiera.

Bueno, yo creo que en mi hay algo especial, pues a pesar de ser quien soy; un ser humano como cualquiera, soy intocable para todos, porque el respeto divino me ha inundado de su saber.

Entre todas las buenas personas, que interactúe en el estadio de Atletismo Alfonso Galvis, conocí a un atleta de mi edad quien me permitió unirme al grupo de entrenamiento sabatino y matutino. Aquel mismo hombre me preguntó dónde trabajaba y al saber que no tenía algo concreto; me ayudó con sus hermanos; en cuya empresa trabajé por muchos años revisando calzado de marca.

Por su parte, el entrenador Gilberto Sánchez, fue como el padre que había perdido en Urabá. Don Gilberto, al ver mis cualidades de atleta y conociéndome en juegos regionales, decidió darme la mano; me transportaba en su motocicleta desde el lugar donde vivía en casa de mi tío para entrenarme en los 1, 500 metros. En el ambiente deportivo de la Liga de Atletismo de Antioquia ya mi nombre se vislumbraba como un atleta de Urabá; pero desconocido para muchos del atletismo élite.

Un poco después, me fui constituyendo en el atleta que quería ser; no del montón; pero si de aspiración. Pero esto ocurrió, debido a mi alto compromiso interno de llegar a ser más de lo que debería ser. Es decir, entrenaba fuerte por las madrugadas y las noches frías de la ciudad de la eterna primavera, con el firme deseo de sacudirme fuertemente para ser un vencedor.

Pero esto es todo, con los tenis rotos en el primer dedo del pie, aquellos que me regaló el amigo que me ayudó a enganchar a trabajar con sus hermanos; ese dedo gordo que en ocasiones era lastimado por las piedras; me hacía recordar de los tiempos en que corría descalzo. Sin embargo, ahora me sentía con más aliento, porque la mayor parte del pie estaba cubierta, solo era una parte que estaba a la intemperie y a merced de las piedras.

Bien; para evitar las molestias de las piedras y cortaduras, le puse papel periódico al final de cada tenis; pues nada me iba a parar de estar en el pódium.

Competía con mucha fuerza de voluntad, y en cada zancada, recordaba las carreras del camino con obstáculo, del pantano atollador para llegar a la escuela en Santa María de Apartadó, me enseñé a aplicar la paciencia de mi precioso campo, del Amporá donde nací, del Pie de Pató que conocí de cinco años y del Urabá donde me levanté y gané mi adultez.

Al final, pude ver como al correr, los 10,000 metros, no tenía que hacerlo desesperadamente, no debería salir con los primeros, sino solo disfrutar cada instante de la competencia, calculando, resistiendo sin premura, combatiendo el frío del valle del aburra, observando cómo los primeros en salir, no les alcanzaban las fuerzas para llegar a la meta.

Desde luego, se iban quedando en el camino, no disfrutaban el entorno, la naturaleza, los aficionados y en ocasiones hasta saludar a algún amigo que se apostaba en la ruta para ofrecer refresco o tirar agua en las carreras callejeras.

En aquel momento, le decía a mi cuerpo; paciencia, paciencia, porque si te sostienes, llegaras a la meta y hasta puedes ser primero y para mí lo importante sería saber llegar al destino final. Este principio también ha estado conmigo desde niño; "saber llegar con mucha cordura".

Pero, además, recordaba cuando mi padre bogaba en la champa o la canoa, en contra de la corriente; allí pude ver cómo, aunque el río con su fuerza lo quisiera desviar y volverlo hacia abajo; él seguía insistiendo en desafío natural hasta llegar a la otra orilla; esta ha sido mi referencia para no desistir de mis propósitos.

Aprendí del mar, en mis viajes a Turbo y de la odisea en el mismo, que por más que sus olas, se agitaban con fiereza y elevaban las barcazas con rudeza, terminaban mansas, sin aliento en las playas. Así mismo, el viento se estrellaba a plenitud con bastante delimitación; pero su final era tenue convertido en brisa tropical.

Desde luego, que esto mismo ocurriría con el hombre; por más que en la juventud fuese apresurado y altanero; en su vejez se apagaría, pues su fuerza la habría perdido en los años de tanta carrera, por querer ser lo que quiere ser.

Entonces, concluí, que para ser feliz, no tenía que vivir la vida a la ligera, desordenada y sin sentido, porque en muchas ocasiones, de la carrera no me quedaba sino el cansancio y en mis competencias, pretendía recordarlas no por el premio logrado, la medalla o el trofeo; pero si, por lo que acontecía a mi paso por las calles.

Efectivamente, cuando no sabía planear algunas carreras y salía sin sentido, siempre, me quedaba agotado; pero cuando corría con virtud y entereza, me ubicaba entre los tres primeros. De igual manera, ocurrió con alguno de mis amigos en Urabá, para los cuales la euforia, la insensatez y el actuar con mucha premura en los caminos de la vida; el cementerio no los despreció jamás en la región bananera.

Para el mes de mayo de 1981, aún estaba con dudas acerca de que estudiaría en la Universidad, preocupaciones mentales se apoderaban de mí; pero ya me veía en la cátedra y adquiriendo nuevos conocimientos; así entonces, con mi primer salario, me fui a la

Universidad Autónoma Latino Americana para averiguar sobre los cursos y saber que tan difícil seria entrar allí.

Como siempre, la suerte estaba de mi parte en aquel día o las bendiciones de Dios me perseguían, pues la primera persona que me encontré al llegar allí, fue un caballero de corbata y muy bien presentado en vestuario; el hombre de tez blanca; me parecía como un doctor. Sin embargo, por los prejuicios sociales, mi única preocupación seria que pensara que lo fuera a atracar, pues es parte del racismo colombiano.

Así entonces; me acerqué y le dije que yo quería estudiar y quería saber cómo lograría entrar allí, me preguntó que de dónde venía y le respondí que venía de Apartadó, en el Urabá Antioqueño. A su vez, le hice saber que mi mayor deseo era ser estudiante universitario.

¿Qué haces ahora? Me preguntó; trabajo en una fábrica de calzados le respondí.

¿Y cómo pagarías los derechos de matrícula?

No tuve respuestas, solo de mostré los $1,400 pesos que me quedaban de aquella semana de trabajo.

Entonces, me pidió que le diera los $1,000 pesos y que volviera el siguiente lunes, que él me ayudaría. Con recelos, se los entregué, me estaba jugando, la semana de comida y los pasajes con un desconocido.

Sin embargo, todo estaba organizado en mi vida, las cosas se me presentaban en forma directa y clara. El viaje a Medellín y el hecho de llegar donde mi tío Salcedo, el entrenador Gilberto Sánchez, el amigo quien me recomendó con sus hermanos en la fábrica de calzado y ahora en mis intentos universitarios, aquel hombre al que le dejé los $1,000 pesos era el hijo del rector, pues así me lo hizo saber el día que fui a buscarlo.

Evidentemente, no sabía a quién buscaba, no le había preguntado su nombre; pero le pregunté a la secretaria del rector, y no pudo decirme quien era. Así que, cuando ya daba media vuelta para irme, salió en aquel momento el hombre de la oficina, al verme me dijo; ¿hey es usted el que dejó los $1,000 la semana pasada? ¡Sí! Le respondí.

Entonces, me llevó a hablar con el rector Uribe, su padre. De allí Salí henchido de felicidad de convertirme en el estudiante universitario que quería ser, pues, a pesar de que las matriculas estaban cerradas, un cupo fue abierto para mí en economía política.

De cualquier manera, este es el punto al que quiero llegar. Aunque el mundo exterior con sus vivencias me mostraba su fortaleza; mi mundo interior tenía más poder haciendo que todo lo que concibiera en mi mente lo alcanzara.

Seguidamente, el rector me organizó, varias formas de pago de la matricula; pues no tenía como pagar de un tajo todo su valor; pero, durante el semestre tendría la oportunidad de ir pagando, así logré comenzar el siguiente lunes las clases.

Este episodio, me enseñó a no ser desconfiado como lo venía haciendo, pues habría personas allí afuera que estarían dispuestas a darme la mano cuando lo necesitara, al mismo tiempo aprendí a sostener mi aptitud positiva frente a las personas aún hacia los desconocidos; pues el mundo está lleno de muy buena gente y todavía hay ciudadanos honestos.

¡La gran metrópoli, la ciudad de Medellín, me asustaba en ocasiones! Todo parecía muy bonito, y se veía destellante, las calles, los edificios, el progreso; es decir todo lo físico; pero me preocupaba mucho el ritmo y el trajín diario. Ahora, tenía que saber estar en el lugar perfecto, a la hora indicada y con los ojos puestos en mi seguridad personal.

Por otra parte, al ver a los mal llamados Gamines o los desechables como algunos los denominan. Los niños, inhalando sacol, las prostitutas en ciertas calles, por la vieja plaza de Cisneros; otras a la entrada de la iglesia la Veracruz, los ladronzuelos cazándome por detrás en algún descuido, los habitantes debajo de los puentes. ¡Esto si era preocupante!

Pero, además, la cantidad de gente por las mañanas y tardes en las paradas de buses, la pelea para lograr un puesto, sin antes alguien meterme la mano al bolsillo, rompérmelo y sacarme las ultimas monedas para el pasaje del próximo día. De verdad, todo esto me llenaba de temor y a veces pensaba: ¡Caramba!, ¡Salí de Guatemala a Guatepeor!;

Pero, por lo menos en Urabá la pobreza y la inseguridad no eran tan visibles. Entonces, entraba a comparar los dos territorios: el del oro verde con todos sus defectos, aun creaba oportunidades; pero el de concreto y belleza desplegaba más pobreza y desempleo.

Por su parte, no llegué a entender el porqué la guerra desplazaba a los labradores del campo, a las ciudades, incrementando el desempleo, aumentando la violencia, la pobreza e inseguridad y los hombres, mujeres y niños quedaban a merced del despotismo social.

Además, pensaba, que esa gran urbe de cemento, aún tenía algo que agradaba al campesino y todos los que forzados o no decidimos envolvernos en su mundo: ¡vivir en la gran "Medallo" no era cualquier cosa! Sin embargo, yo sentía el orgullo del campesino en la ciudad y ahora que sería estudiante universitario, que gran logro para mí.

Desde luego, para otros era una forzada opción y decisión de vida o muerte. A esas alturas de la vida, con poco tiempo viviendo en la ciudad de la eterna primavera, ya me conocía parte de sus escondites y los lugares más trajinados, el parque bolívar me atraía para sentarme a pensar en las escaleras de la Catedral Metropolitana, a ver desde allí la fuente y la estatua imponente del libertador Simón Bolívar.

Así como también, a los transeúntes, a los ateos difamadores y blasfemos de las escrituras bíblicas. Tergiversando entre ellos el contenido con altas discusiones, haciendo observaciones y preguntas sin respuestas humanas.

A su vez, los niños de la calle se peleaban por la botella de sacol, los estafadores le sacaban el último peso a uno que otro desprevenido y los culebreros mostraban sus habilidades con algún reptil no venenoso.

Finalmente, meditaba en profundidad acerca de todas estas cosas y sentía la presión interna de buscar conocimiento, para así en un futuro contribuir con ideas en la búsqueda de soluciones de fondo al problema social de desplazamiento en Colombia.

Desde luego, todo este éxtasis de pensamientos formativos llegaban solo cuando apartaba la mirada de los párrafos del libro de Carlos Marx "El capital", el cual había comprado en una baratija del mercado por varias monedas de a dos pesos, porque siempre estaba ensimismado con su teoría de la dictadura de la burguesía y su lucha de clases, queriendo ser parte de esa historia.

Por otro lado, el valle del aburra, me mostró cuatro negaciones que esconden las grandes urbes que no podré olvidar:

1) Que las apariencias son engañosas, porque oculta la realidad perceptiva de sus habitantes.
2) Que las multitudes sociales, trastornan la conciencia del hombre: Todo este ir y venir de los más de tres millones y medio de habitantes; cada uno con su propio mundo en la mente; pero sus gobernantes, tratando de alienar sus conciencias con nuevas leyes, decretos y reglas a seguir.
3) Que todos, terminamos siendo robots; hombres mecanizados, viviendo por un horario, cumpliendo la jornada de cada día, solo por pasar un día más; pero no por disfrutarlo a plenitud.

4) Que es verdad el adagio de que al "pobre y al feo, todo se les va en deseo"

Pues sí, solo era ver los barrios de las laderas en Medellín, el comercio informal, en las tumultuosas calles, la riqueza disfrazada en asfalto y cemento de sus edificios; pero la pobreza real de sus habitantes.

Efectivamente, todos corriendo diariamente, por conseguir el pan para una comida; pero aun deseando tener cosas mejores, una mejor vida, un ranchito decente, donde echar el sueño y no la casucha hecha de barro; cubierta con hojas de zinc, con goteras que a medio llover ya estaban inundadas, piso en tierra y con el pantano o el polvo a los tobillos.

Pero, además, deseando tener ese televisorcito, la estufa eléctrica; ¿pero si al menos tuviera la energía?, los muebles; Pero si ganara un poco más… la pura realidad de la pobreza.

Otro paseo es para aquel a quien la sociedad denomina "feo". Su apariencia física no es la que la sociedad quiere, de allí que, para buscar trabajo, en la hoja de vida, debe colocar su fotografía. ¡Si señor (a), aun en Colombia para esa época, la fotografía en la hoja de vida, determinaba conseguir el empleo!, lo mismo que por el color de la piel. ¡Porque a decir verdad! ¡Medellín, Medallo o como te llamen, tu racismo te consume!

Es decir, no importa, la belleza interna que exhales y que con tu comportamiento en la llamada sociedad colombiana tú puedas trasmitir, como tampoco tus conocimientos. ¡El feo desea, aun a veces lo imposible! ¡Tener por lo menos mujer bonita!

En todo mi cuento por ser alguien, aun me queda un resto de motivaciones personales:

1) Encontrar el éxito

2) El amor

3) Un poco de estatus y una cuarta inalcanzable por el hombre: satisfacción.

Bueno, ¡Viejo Lucho!, ya te estás acercando o estás un poco tibio, no desmayes, tu día está a la distancia de un tiro de cauchera; la misma que usaste para privar los turpiales, los periquitos, los sinsontes, los loros, los paletones, las ardillas y en fin… todos los animales que la selva te entregó.

Desde luego, que unos fueron para alimentarme y otros para cambiarlos por dinero y así seguir subsistiendo. También me sentaba en el parque de Berrio, en esas tardes dominicales; a observar el movimiento de las masas de habitantes, a las gentes que cruzaban de un lado al otro para cumplir la cita de amor o de parranda o de simple amistad y de negocios.

Este parque central de la ciudad de Medellín, aún sigue siendo lugar de encuentro de todo tipo de personas; los visitantes, los desempleados y los holgazanes; pero también existen los que no saben si existe, especialmente los que no se reúnen con la "chusma".

En todo el centro del parque se encuentra la estatua de Pedro Justo Berrio {(un abogado, militar y político colombiano nacido en el municipio de Santa Rosa de Osos de la Provincia de Antioquia (llamada anteriormente Gran Colombia) en 1827, y fallecido en la ciudad de Medellín, capital del Estado Soberano de Antioquia (Estados Unidos de Colombia) en 1875)}.

A su vez, en la esquina sur-occidental se puede ver la escultura del Maestro Fernando Botero de la Gorda, como la llamamos, y en mis citas de cualquier tipo yo solo decía: nos vemos en el parque "Berrio" junto a la Gorda con más exactitud. El parque donde las muchachas del servicio doméstico y los hombres mujeriegos andaban a la expectativa, de encontrar el amor de sus sueños o el amor "dominguero" y pasajero de uno o dos días, o quizás la unión para muchos años.

Mientras la iglesia; el templo imponente de la Candelaria era testigo de muchos desafíos en la fe cristiana albergando al sinnúmero de creyentes, quienes madrugaban a ese encuentro con el creador, para ver que podía caer del cielo en forma de milagro creativo y así cumplir una jornada más de desesperanza y cautiverio interno.

El padre terminaba su sermón, y las campanas volvían a resonar anunciando la hora y el nuevo servicio; allí estaba yo visualizando el ambiente, la prisa, la algarabía y el vaivén de los transeúntes, algunos desempleados, otros jubilados y también los que nunca le han dado un golpe a la tierra con sus manos de seda.

Bien, me era común ver las mismas caras, en mi paso mañanero a la Universidad y por las tardes o por las noches. ¡Pareciera para mí que tenían las sillas del parque compradas! Los domingos especialmente, me daba mis vueltones de zalamería, para presenciar quizás al culebrero, al artista o cualquier humorista quienes con sus actos me hacían salir de mi propio entorno de aletargamiento para observar al mundo a mí alrededor.

Por su parte, eran comunes las peleas a la jalada de pelos o de las pelucas de las muchachas de servicio doméstico, quienes por grupos regionales andaban desafiándose; las costeñas, las negras, las Chilapas y bueno las paisas como las denominaban a las Antioqueñas con su grupo.

Unas veces, se trenzaban por defender su amor de antaño, adúltero o fornicario y enfermizo; otras por mero deseo de explotar esa ironía de la vida y la ansiedad acumulada de tener que soportar a esos patrones o patronas, mandonas (es), e inmorales y sin corazones, los que durante cinco maltratados y esclavizantes días las tenían humilladas cocinándoles, desmugrándoles los calzoncillos con parchecitos de mierda seca.

A decir verdad, ellos creían que por la miseria de salarios que les pagaban, tenían derecho a ser sus verdugos. Las llevaban a lo más bajo de la personalidad racional, abusadas sexualmente en ocasiones y calumniadas de ladronas por no pagarles y lanzadas al garete a la calle. Pero, ellas por conservar el trabajo y seguir viviendo; no denunciaban y tragaban entero, pues no tenían donde quejarse y los patrones llevaban las de ganar.

12

LLEGO EL AMOR, SE FUERON LAS PENAS DEL ALMA

Ocho meses después, en una de esas novelerías domingueras, en la diáspora del mes de diciembre de 1981, vi a una joven de mi raza, la cual chocó miradas conmigo, se hizo como la que no me había visto, bajó la mirada; pero, no sin antes examinarme de arriba hacia abajo.

Bueno, lo mismo hice yo dirigiéndole el saludo, el cual casi no contestó muy contenta; pues su amiga con la que departía cuyo nombre me dijo Ana, también me examinaba de arriba hacia abajo al igual que yo… ella era su mejor amiga.

En mi pensar, creí que quizás ella no se interesaría por una amistad sin compromiso; ¡pero mi poder interior quedó deslumbrado! ¡Hasta el corazón se me estremecía en aquel instante, y sin pérdida de tiempo, le dije las lindas palabras aprendidas de mi padre, cuando se trataba de buscar el amor!

Porque de veras, también me había enseñado como dirigirme a una mujer con pura cortesía. Posteriormente, me conformé con repetir de memoria, lo aprendido casi 15 años atrás, cuando en un día de plenitud laboral yo recogía la tierra del canal donde trabajamos allá por la finca del mayor Jaramillo en Urabá.

Después de ciertas charlas domingueras, varias invitaciones a conversar en el parque de Bolívar y sentados al frente de la catedral Metropolitana; porque era verdaderamente el sitio que mas paz inspiraba para mí y posiblemente el amor podría fluir libremente; por fin la comprensión del uno al otro comenzó su recorrido emocional y las verdades fueron expuestas con sinceridad.

Pero, luego, de tanto hablar por más de tres meses, de esquivar la fuerza poderosa del amor que había en mi inexplorado corazón, pensarlo y repensarlo y de estudiarme a fondo, por fin me aceptó para ser su novio, rescatando así a un alma perdida que buscaba en la anchura del universo Medellinense, el amor puro y verdadero, sin engaños ni prebendas, sin envidia y complejos; ¡pero lo más importante! ¡Desinteresado!

Por mi parte, ahora ya no seguiría de novelero los domingos, buscando de pasatiempo, ver a los culebreros, encantadores y peleadores callejeros; sino que ya mi corazón estaba puyado por la flecha de Cupido, pero con su nombre.

Pero, yendo atrás, no podría olvidar mi forma de vestir. Pues, ese pantaloncito dominguero; el único que me acompañaba en aquellos tiempos, aquellos tejanos blancos, de costuras a los lados, de bota ancha y rodilla estrecha para estar a la par de la moda de los 80's.

Por otro lado, con mis zapatillas plataformas, la camiseta pegada al cuerpo, desteñida por tantas lavadas con jabón de bola, hecha de las sobras de las lavanderas del barrio; ¡pero eso sí! ¡Bien planchaditos, con la plancha de hierro macizo adquirida en el mercado de las pulgas y almidonados con almidón de yuca!,

Asi entonces, bien estirado, me iba de zafra, en aquellos domingos de amor a ver a mi nueva vida, pues en mi soledad latente, solo anhelaba en todo instante estar con ella, como mi amiga, mi encanto y compañera, puesto que ya llevaba mucho tiempo de mi vida en solitario, solo deseando amar y ser amado, incluso hasta por mis progenitores.

Bueno, también, ¡Ese afro que me distinguía entre los pelaos de mi edad, tanto en la universidad, como en la pista atlética del estadio Alfonso Galvis, me servía de entretenimiento! Allí podría esconder mi lápiz, el sacapuntas y el borrador, y solo me daba cuenta cuando movía la cabeza y caían a los lados.

El mismo afro, me permitía sentirme a la altura de la moda de la década, al estilo Jimmy Hendricks y también hacia, que ella se enamorara más y más de mí; pero no solo de mi apariencia física que podría ser frágil; si no del poder que reflejaba el amor que salía de mis entrañas, puro, sincero y benigno.

Bien, me colgaba al cuello, la cadenita de fantasía, con una Cruz de Madera, la cual me brindaría protección, fuerza y coraje y yo lo creía por la Fe que irradiaba todo mi ser. De allí que cuando iba a correr, en alguna competencia atlética, la tomaba en mis manos y le decía: Ayúdame a ganar esta carrera, dame vigor, hazme vencedor.

En ese momento, no sé qué pasaba; pero el deseo interior que había en mi hacia que las cosas se presentaran a mi favor. En verdad, sentía confianza y seguridad. Asi las cosas, podría ser posible, que la cadenita, también me ayudaría a conquistar a un verdadero amor.

Con este fin, seguiría desafiando la oscura penumbra y derrotando todas las vicisitudes de la vida hasta obtener mi objetivo: ¡ser feliz! ¡A mi manera! ¡Y sí, la solemne jovencita, fue mi primer amor verdadero! Pues nunca dejé a mi corazón salir por mucho tiempo a deambular en busca de consuelo.

Una morena perfileña, que al parecer era también chocoana de nacimiento. Precisamente, de aquel departamento, donde la mayoría tenemos raíces del occidente de África, Sudan occidental, guinea y costa de oro distinguidas zonas metalúrgicas.

Debido a que, en aquella época de la trata de esclavos, traían los esclavos mejor de esa parte del continente africano por su alto conocimiento del oro; y es allí donde el chocó tiene su verdadera fama. Sin embargo, las mujeres chocoanas, tienen el gran encanto de la belleza natural, honestidad, sinceridad y lealtad, por eso me sentí muy bien de que mi corazón encontrara su apego en alguien de mi linda descendencia.

La verdad, es que, con origen africano, sudanés o de esclavos, el encanto de su físico, sus ojos cafés y sus dientes tan blancos preciosos que acompasaban con su bella sonrisa recelosa, me tramaron!

¡La mujer de mis sueños! ¡Me dije a si mismo!; ¿pero como la convenceré de que me quiera, siendo que yo soy tan tímido? ¡Mi única ventaja era que me decía a mí mismo! Bueno, yo también tengo el mismo origen y mi piel azabache entonaba con la de ella en una noche sin luna.

¡Fue una gran aventura, puesto que no sabía que decirle! A pesar de saber tanto que decir con los consejos de mi padre; pero al parecer el amor a veces es sin palabras y solo el respeto, la caballerosidad y la amabilidad, hacen que no se fije en lo físico, sino en esos pequeños detalles que enamoran y al parecer el rocío de mi amor alcanzó a salpicar su cerrado corazón.

Consecuentemente, ella comenzó a sentir la dulzura en su interior, al escuchar en el tono de mi voz, el susurrar en sus oídos una tenue melodía, del cantar de los sinsontes y el salpicado de esas gotas penetrantes, húmedas de las frases tiernas, que le volvieron a dar vida a su propia existencia.

Así fue, como comencé mi nueva carrera sentimental y en corto tiempo, recibí la palabra sí, quiero ser tu novia y con esa palabra me estacioné en una relación de noviazgo por cinco años; mientras adelantaba mis estudios universitarios, teniendo así una compañera para compartir mis alegrías, triunfos y derrotas como atleta y hombre.

Verdaderamente, no tenía mucho que ofrecerle más que mi mero y puro corazón, este sin contaminaciones sociales, sin el embauco del odio fratricida, sin parte de la escoria desafiante y agresiva de la convulsión ciudadana y sin la penumbra de la maldad que por doquiera había que enfrentar.

Así dejé a mi corazón, salir a navegar en un océano de vicisitudes del tiempo, sin importarme de la grandeza de las olas venideras, de la marea alta o baja, solo quería desatar la atadura del amor que había en mí y dárselo sin medida y sin egoísmo. A decir verdad, yo creo que ella quería hacer lo mismo, tal para cual, ella me entregó, todo su oasis y yo le di también parte de la fuente que aún quedaba en mi propio desierto.

Pasamos por ríos anegados, arboledas y pantanos, esquivamos la tristeza, la pobreza y el dolor y nos hicimos ricos en nuestros sentimientos de jóvenes y aun sin tener nada material. Tiramos a un lado nuestros pasados y salimos vencedores, en un mundo desconocido de la gran ciudad.

Desde luego, que allí éramos forasteros, por mucho tiempo fortalecimos nuestro amor sincero y diáfano, viéndonos cada quince días; donde no faltaría la invitación a las heladerías de música romántica, que adornaban el ambiente de los enamorados en las tardes Medellinenses.

Como por encanto, allí los sentimientos salían a flote y en aquellas canciones, se desenfrenaba y despertaba ese amor quincenal escondido, esperando que llegara con afán la hora y el lugar de encuentro y con Claudia de Colombia, José Luis perales y Julio Iglesias nuestros artistas preferidos, lo hacíamos volver real.

Cinco años más tarde, ya a finales de mis estudios, nos unimos como pareja, a vivir solo del amor. ¡Pues no teníamos en que caer muertos! ¡Pero, mi negra fue paciente! Me esperó sumida en la desolación y el deseo por conseguir un peso más para el diario vivir o viviendo, para pasar cada día.

De allí que, Medellín, fuera de ser una ciudad conocida por su violencia, también le daba lugar a que los enamorados tuviéramos oportunidad de vivirla, sentirla y disfrutarla. En aquellos rincones sentimentales, nunca existían pleitos, matanzas, atracos y violencia, solo existía el amor, expresado a través de la música de esos días, sin embargo, esta parte los gobernantes nunca la vieron como una terapia pública para acabar con la violencia ciudadana.

Verdaderamente, el romanticismo, me acogió en su seno y la emisora la voz de Colombia fue mi favorita; le hice un zig zag al trajinar del tiempo y me ensimismé en mi propia aventura, de encontrarme cavilando despierto en lo que sería ser como el "cóndor pasa" que describía la cantante Claudia de Colombia, "decidimos no llorar de palito ortega" y al final me introducía en la " mina" del cantante "Nemessio", extractado del casete de música protesta que tenía conmigo en mi pequeña grabadora.

Del romanticismo, a la protesta social; donde también Mercedes Sosa con "gracias a la vida", Piero con los "americanos" y las "trovas de Facundo Cabral", me acababan de noquear analizando la desgracia social y la desigualdad de la cual yo hacía parte en sus minorías.

Al final, terminaba reflexionando en la letra de todas estas canciones y trovas; salía jubiloso, fuertemente armado de positivismo, así que cuando más la sociedad me quería enterrar en el aislamiento minoritario, cuanto más eso me ayudaba para seguir luchando con fuerza y entereza en mis ideales por una mejor sociedad inclusiva, donde el negro no representase solo lo malo.

Desde luego, era una verdadera guerra interna, porque no solo era escuchar la música de lo que había sucedido en otros tiempos y a otros caracteres, sino, que aun yo lo estaba viviendo en carne propia. Es decir, cuando los tiempos de mi niñez llegaron a mi mente de lo vivido en Apartadó, del trato cruel hacia los negros con palabras despectivas, que directa o indirectamente me ofendían y ahora en la Metrópoli lo mismo acontecía.

Pero esto es todo, cierto día después de una competencia trepadores a Santa Elena, al pedir un aventón de vuelta a Medellín, el hombre dueño de un vehículo dejó montar a todos los demás atletas en su pick up y cuando yo me fui a montar, me jaló y me hizo bajar de su carro, solo por ser "Negro". Aquel día tuve que volver a bajar trotando hasta mi casa y aprendí a valorar aún más mi tersa piel oscura.

Pero, yendo atrás, con todo esto, mi corazón nunca sufrió albergar rencor racial, me dediqué a desarrollar en mí la cultura del amor en vez del odio, ya que esta era la manera de construir una opción consciente de cambio social. Si odiaba en vez de amar, recibiría odio en vez de amor, si solo recibía en vez de dar, jamás podría permitirme ha mi mismo liberarme de la dependencia y por lo demás, estaba rodeado de muchos amigos blancos de buen corazón.

Pero, después de alejarme un poquito de las emociones sentimentales y contrastarlas con la sociedad; volví inconscientemente a pensar en mi morena de piel de ébano. Ella, llenó mi página de amor a la cual le faltaban varios párrafos, que desde hacía tiempo atrás deberían haber sido escritos; si le hubiera permitido a mi corazón, quedarse ensimismado por la apariencia de lo impuro, corrompido e interesado.

Es decir, el amor desplegado en una gran ciudad de apariencias engañosas, en donde la guerra del narcotráfico y el los sentimientos; estaban jugando juntos en la misma cancha de futbol profesional los domingos.

Medellín, la ciudad de la eterna primavera donde confluyen las culturas, desde el pacifico colombiano hasta el atlántico y parte del interior del país. Apetecida por ser la ciudad industrial y textilera de Colombia, con su gran emporio de riqueza empresarial, donde tejicondor y coltejer, brindaban trabajo a cientos de hombres y mujeres con producciones de exportación y otro sinnúmero de microempresas, fami empresas y mercado del invento callejero; pero tenía mucho que ofrecer para todos y mucho que quitarles a todos por igual.

El Valle del Aburra, con sus mejores universidades le brindaba a todos los estudiantes de otras regiones, la oportunidad de ser alguien en la vida profesional.

La Universidad de Antioquia, la Pontificia Bolivariana, la Autónoma Latinoamericana, Ingeominas, cada una tenia lo mejor para el país y allí confluían todas las etnias; sin embargo, a pesar de tanta afluencia de estudiantes, de todas las regiones, no existían estadísticas claras, acerca del movimiento de estudiantes a la ciudad.

Es decir, no se sabía las ventajas económicas en general y el total de aportes que anualmente, generaban los sectores de arrendamiento, pagos de matrículas y canasta familiar.

Pero déjeme decirle, que este sistema capitalista nos tiene jodidos a todos. Pues los de arriba, siguen tirándole a los de abajo, desangrándolos, quitándoles las últimas fuerzas, manipulando y cauterizando sus conciencias. La pura verdad y sin rodeos. Los gobernantes no ofrecían más transparencia administrativa por conveniencia.

En aquel tiempo, si decían por ejemplo, que los costeños, los chocoanos y otros inmigrantes, estábamos generando la verdadera fuerza laboral y contribuíamos en mayor porcentaje, al desarrollo de la ciudad que los oriundos de Medellín; seria abrirnos los ojos para acceder a mejores beneficios ciudadanos y esto ni porque estuvieran locos.

Pero bueno, resignado en mis intrínsecos pensares me entraba a la iglesia la Candelaria; trasladaba mis reflexiones a la imagen del altísimo y me decía que todo era vanidad en esta tierra; luego veía salir a uno que otro prendido por la rezaga del aguardiente; el "Guaro``; "la juma de ayer" como dice cierto artista de la salsa; luego de ponerse en paz con Dios, por las faltas cometidas el fin de semana, derechito a la tienda de licores, para seguir en la juerga, porque para algunos el que peca y reza empata y los borrachos siempre dicen la verdad y a lo mejor los cuida el diablo.

De allí salía preocupado, de ver tanto desorden social y seguía ensimismado, queriendo con la lectura de los libros de Marx darle cambios y un viraje total al mundo. Asi las cosas, quería ver un mundo diferente, una sociedad donde todos pudiéramos en verdad ser parte de ella, una ciudad sin violencia, donde los niños tuvieran oportunidades de ser niños y no andarían en las calles embadurnando su cerebro del sacol y la droga, pero sí de las letras y la ciencia.

A decir verdad, cuando observaba detenidamente la escultura de Pedro Justo Berrio, me preguntaba, si la mayoría de los transeúntes conocerían a aquel ilustre personaje que hasta estatua tenia, si quizás la historia lo incluía solo para recordarlo en esa efigie o para ilustrar de nuevos conocimientos a los ciudadanos.

¿Pero, porque en una ciudad tan importante, no había trabajadores culturales, guías historiadores quienes pudieran hablar de sus monumentos y su historia?, porque recordaba, que por allá en los años 80's en mi excursión de bachilleres a la costa, en la ciudad de Cartagena, si había guías en los castillos de San Felipe, San Fernando, la popa y el lugar donde Murió Simón Bolívar la quinta de san Pedro Alejandrino en Santa Marta.

Medellín, al igual que Cartagena y Santa Marta es una ciudad turística, tanto de turismo interno de sus propios habitantes como externo de personas extranjeras; pero no había nadie quien en el gobierno municipal lo hubiese tenido en cuenta. ¡Bueno! Quizás para esa época, la década de los 80's los gobernantes estaban más preocupados por combatir la delincuencia y la corrupción política que por la enseñanza histórica y los fundamentos ciudadanos.

Por su parte, cuando tomaba tiempo para conversar con las muchachas del servicio doméstico y al visitar alguno de los lugares donde trabajaban sentía una herida intensa en mi corazón, al conocer de la explotación a la que venían siendo sometidas por sus llamadas patrona(e)s; los cuales, se aprovechaban de ellas sin dolor ni remordimiento.

Posteriormente, empezamos a reunirnos unos cuantos estudiantes universitarios, para darle formación a un grupo o asociación de negritudes en Medellín y hablábamos de que usaríamos nuestros conocimientos para asesorarnos unos a otros y en especial a las muchachas del servicio doméstico que eran vulnerables.

Con este fin, convocamos entre otros; estudiantes de contaduría, derecho, economía y sociología. Pero, luego de reunirnos en varias oportunidades y de como siempre terminar festejando y bebiendo licor, todo como empezó, se terminó; no le pusimos seriedad y los sueños se esfumaron.

Llegaron las vacaciones y todos los estudiantes nos esparcimos. Después de vacaciones intentamos reunirnos de Nuevo y llegó un viento muy temerario y terrorista, diciendo que cualquier organización de negritudes seria objetivo de ataques de los blancos y que lo mejor era quedarnos quietos. El temor convenció a mis compañeros y todo se acabó.

Después de este fracaso organizativo, salí con más deseos de seguir estudiando las luchas de clases, la teoría socio económica y cuanto documento encontrara que relevara mi ansiedad por más conocimiento, que me ayudara a ver una sociedad colombiana más equitativa y justa y donde las minorías fuéramos un aporte del desarrollo económico mas no unas simples estadísticas gubernamentales.

Los pensamientos, me enredaban mientras caminaba del parque de Berrio, a la Universidad Autónoma Latino Americana, donde hacia mis estudios de economía por accidente y por ser bendito por Dios para encontrar dicha oportunidad.

A decir verdad, para mí, la Universidad era un pensamiento muy grande, porque ya algunos de mis compañeros en Apartadó, me habían comentado, que estudiar en la Universidad era cosa de los ricos y personas con mucha "palanca política"; sin embargo, allí está el detalle. Yo estaba estudiando y no tenía un peso, ni tenía ningún representante político o alguien cercano con quien contar.

¡Ah! ¡Me olvidaba mencionar, que mi representante era Dios! Y yo a la verdad solo estaba de administrador del proyecto de vida que él me brindó, es decir su propio proyecto.

Así, deambulaba; deporte, universidad, trabajo por la mañana y universidad por las tardes, deporte y tareas por las noches. A su vez, caminando en ocasiones, desde donde vivía, hasta la U.

Un poco después, cuando pasaba por las noches por la calle Gardeliana, en Manrique la 45, me ponía a pensar de lo famoso que sería Carlos Gardel para Uruguay o Argentina y el gran respeto que le brindaban en Colombia especialmente en Manrique. Asi las cosas, concluía que quizás fue un ser humano igual que yo; pero con mejores privilegios que los míos.

Sin embargo, a la final solo quedaba su estatua; pues el ser ya no existía, corroborando así, las contradicciones de la vida en la que después de muertos los seres humanos es cuando algunos son más reconocidos.

Por lo tanto, mientras cruzaba las calles, en medio de los hombres, mujeres y niños que por una u otra causa también andaban de prisa y con los ojos bien abiertos; seguía pensando, en que cómo sería si la oficina de turismo de Medellín, o algún historiador se le daba por emprender la idea de tener a alguien en un kiosco, en los dos parques más famosos de la ciudad, dando una cátedra de los dos personajes cuyas esculturas estaban imponentes y duras al sol y al agua, para que la nueva generación creciera con conocimiento de sus personajes; pues yo estaba seguro, que muchos aun hoy por hoy, mencionan el nombre de Pedro Justo Berrio, y sabían muy poco de él, lo mismo que de Simón Bolívar y los tantos monumentos existentes.

Al fin y al cabo, de este último, en las cátedras de historia se sabe de memoria que Simón Bolívar, nació en caracas, en un potrero lleno de vacas, que libertó cinco naciones y murió en la Quinta de San Pedro Alejandrino, (lo del potrero lleno de vacas, era como nosotros los estudiantes recitábamos a nuestra manera la biografía del ilustre libertador, no es eso verdad). Pero, al fin llegaba a la U, como le llamaba y era allí cuando, me remontaba en lo infinito a soñar despierto, por una sociedad libre, que seguía esclavizada.

En ocasiones, mi mente me ilustraba, como por ejemplo, ser un buen Professional y tirar a un lado el peso sicológico del pasado que me acompañaba; al igual que en otras ocasiones, venía el recuerdo de mis progenitores y de mis familiares y la nostalgia quería combatirme.

Sin embargo, el súmmum de mis conocimientos, me ilustraban que estaba haciendo lo correcto, y que ese era el camino; por lo tanto, la nostalgia no podría ser parte de mi vida.

Desde luego, las brechas que el destino me cerraba, la oposición a mí mismo y el gemir de mis anhelos me hacían escuchar una tenue voz interior, la cual me impulsaba, me sustraía, y me comprimía; pero al final me dejaba en libertad. ¡No podía tirarme al suelo y dejarme caído, pues antes de tocar el suelo por la embriaguez de mis pensamientos, ya estaba en pie de lucha, listo para mi nueva batalla!

Ese mismo destino me había querido acorralar; pero yo lo miraba intrigado de saber que por más que se esforzaba por tirarme a lo más bajo, siempre se hacía "pistolas" conmigo, pues yo no estaba resignado a lo que él quisiera conmigo; le ha tocado verme surgir, fluir y deslizarme como el viento, libre, libre, libre y sin fronteras.

Y en mis esfuerzos por entenderlo, tuve que extender mis manos y asirme a la brisa Urabaense, mientras meditaba junto a las playas del río Apartadó arriba. Fue allí donde mi corazón se emocionó sobremanera y quiso sentir la apariencia de vivir eternamente, con deseos de robarme la estrella, que sublimemente apareció en aquella tarde de inspiración. Y si, fue así como también sentí el poder de la noche acosándome para que saliera y volviera a remontarme hasta mi propio lugar de origen; el barrio pueblo nuevo, donde debería seguir la vida de andariego meditabundo.

En dichas vacaciones, llenas de licor, de rumbas, desvelos y mucho trabajo en las plantaciones de banano; la famosa muerte volvía a mostrarme su poder. Se llevaba a alguno de mis compañeros o algún conocido y parecía sonreír, la muy "mundana". ¡Al final! Se sentía satisfecha, pues tenía mucho de donde escoger en una región violenta. ¡La verdad fue que conmigo, te la hiciste "cabo de vela" todavía no será mi turno, le volví a repetir! En una noche de calamidad cuando ya tenía tres en copelón, y varias almas en un accidente de tránsito.

¡Entonces, ahora si se alejó de mí, con su risa sarcástica y con un guiño del hueco de sus ojos diciéndome! Te veré, te veré; no sabes lo que te estás perdiendo; solo quiero darte descanso y paz; de cualquier manera, quizás no aquí en Urabá; pero donde estés, allí también yo voy a estar esperándote. ¡La miré con mucho desprecio y le dije! Ya veremos, ya veremos nauseabunda, aun la vida es mejor que tú.

Sin embargo, al despertar de mi conversación en sueños con la muerte, reprendí desde mi subconsciente el permitirme generar este dialogo mortal, pues me di cuenta que es parte de mi destino dormir sin despertar, mas no morir; pero no en su tiempo, si no en el tiempo cuando el soplo de vida creador se aparte de mi existencia, me abandone, me deje solitario, desamparado, desnudo y cuando aquellas alas de aguilucho pierdan su plumaje y no puedan ya volver a volar hacia mi lugar de pertenencia, pues yo no hago parte de los que su corazón dejaría de latir. En mi morada celestial, no hay entrada para lo inerte; solo hay vida aun cuando sea invisible.

Por consiguiente, ya de vuelta a mis actividades, ahora más que nunca, no me importaba, el peligro de Medallo o sus problemas como ciudad; porque ya me adaptaba a las circunstancias.

Por otro lado, como atleta en formación, sentía orgullo personal, cuando mi nombre o mi fotografía, aprecia en el periódico el colombiano o el periódico el Mundo. Especialmente, después de alguna de mis carreras atléticas.

Es decir, el solo hecho de pensar, que esto era un logro más; me motivaba para continuar focalizado en mis metas de ser alguien y la ciudad me estaba ayudando. Lo más importante era, que los ojos diurnos y nocturnos de la misma me veían correr, caminar y en el bus, siete días por semana.

Asi que, ya yo le era familiar y sus fuerzas de maldad, se hacían a un lado, me respetaban, no me atacaban, no se metían conmigo no había razón; lo cierto era que no tenía algo que ofrecer, solo libros de segunda, baratijas y a duras penas el pasaje.

Pero, además, en la apariencia personal, también estaba mejorando; ya mi estilo aparentaba ser hombre de la ciudad en mi vestuario.

¡Sí, señor!, ¡Esos fueron mis días, los cuales, los viví intensamente como estudiante, como atleta y como persona y con un orgullo que acaparaba todo mi ser! Porque mis sueños, los estaba viendo realizados, con muchas gotas de sudor salobre; ¡pero los iba logrando!

¡La urbe crecía a pasos gigantes con un nuevo foráneo agigantado!

Por su parte, en la ciudad se proyectaban grandes obras de infraestructura; se veían vislumbrar en su desarrollo, entre ellos, el gran Tren Metropolitano. El sistema de transporte masivo, que sería una oportunidad, para acabar con el problema de transporte urbano.

Efectivamente, la guerra del centavo, el mercado desorganizado e informal del transporte de buses, busetas y la piratería en las llamadas horas pico, venían dejando muchos muertos y creaban caos en la periferia y el centro. Con la construcción del metro, la ciudad se anticiparía al futuro de la metrópoli, jalonando así la economía interna y acabando con una grave crisis en materia de transporte urbano.

Finalmente, para el año 1982, la Empresa creada Metro de Medellín Ltd. fue autorizada para la contratación externa del 100% de los recursos necesitados para la obra y en 1984 se contrata la construcción con firmas españolas, alemanas y francesas.

¿Y yo? También me crecía en conocimientos al nivel de la "Eterna Primavera"; muy pronto la misma ciudad que vio llegar a un campesino más, vería salir a un profesional. Y esto no para "chicanearle a nadie" ni para sentirme mejor que otros seres humanos; ¡pero si para enorgullecerme de mi mismo, por la meta cumplida!

Un poco después, a su tiempo, la construcción de viviendas estaba en su boom; la ciudad crecía en todos sus puntos cardinales. A su vez, las invasiones en los barrios periféricos y las laderas se hacía cada vez más fuerte debido en parte al crecimiento urbano y los desplazamientos por motivo de la guerra interna del conflicto armado; que para los 80's no era tan desmedido como en los 90's.

Desde luego, que no era de menos ver que la violencia ciudadana, se movía a pasos agigantados también. Asi mismo, el narcotráfico creaba empleo con el lavado de dólares, siendo así, que algunos jóvenes de las comunas, le sacaban provecho atreves del sicariato motorizado. Al final, las bandas de malevos empezaban su disputa territorial.

Allí en medio del conflicto, también tenía que caminar buscando el éxito desde otra esfera. Pero, antes de ser exitoso, el destino tenía que mostrarme, todas sus caras.

¡En ocasiones no entendía! ¿Porque me vine de Urabá? Si allá por lo menos, tenía mis ex-compañeros de estudio y otros amigos con los que me crie y departíamos, allá había mucho banano y plátano gratis para comer y podría pescar, o vender loterías, trabajar en las empacadoras del banano como lo hacía de estudiante; ¿por qué estar en una gran ciudad donde por una moneda o por no tenerla, podría perder la vida?

De cualquier manera, la problemática racial continuaba su apogeo en guerra o no. Era de notar, que algunos compañeros de estudio en mi clase de economía, se expresaban despectivamente acerca de las mujeres negras del servicio doméstico y como chiste decían: "en el parque de Berrio, solo hay que tirar un chorizo al aire y cae frito".

Es decir, haciendo referencia a quienes en su mayoría venían del chocó y tenían como punto de reunión aquel lugar o de otras regiones de la costa. Además, discriminatoriamente las llamaban las "Manteca" o las "negras mantequeras".

Pero, esto no era todo, pues expresiones ofensivas como:

Negro bembón, negro cara de mono, Negro lengua de Loro, teléfono, Negro espanta la virgen, hollín, Azulín, Gorilita, Gorilón, cara de murciélago, lucifer, et, etc. Y, en fin, otras frases que hasta denigran del alma, del tiempo y las acciones cotidianas, hacían parte del desprecio y el odio hacia los negros tales como: Que día tan negro, es la oveja negra de la familia, sos parte de la lista negra, viernes negro, trabajo como negro y vivo como blanco, tus intenciones son bien negras.

Desde luego, todo esto me hacía sentir mucha nostalgia de la indiferencia del hombre por el hombre y del desprecio generado para los que ellos siempre denominan esclavos, al tiempo que la lástima me invadía de ver tanta ignorancia. Todo lo anterior me decía que estaba en el lugar equivocado; pero ese era el precio por adquirir nuevos conocimientos.

Pero, además, al ver el movimiento social y sus jerarquías, encontraba, que los políticos eran esclavos de sus mismos ideales, los burócratas capitalistas eran esclavos del capital que día a día atesoraban, el sistema de gobierno esclavo de sus mismas leyes, decretos y ordenanzas, y en fin a los drogadictos, y a la sociedad colombiana como tal esclava de su propio circo.

Por consiguiente, entendía que de ninguna manera al escuchar la palabra "esclavo" tenía que ser solo en referencia a los negros. 'Kunta kinte", así me grito en la calle un transeúnte en mi linda "Medallo". ¡Acete a un lado, kunta kinte!, solo porque quería que le diera permiso para pasar. ¡Bueno! Me dolió un poquito; ¡pero sentí alivio, de saber, que por lo menos escuchó algo acerca del libro raíces! De Alex Haley y algo tuvo que aprender.

De cualquier manera, mi confort llegaba, cuando me sentaba a reflexionar en lo que realmente éramos los seres humanos y concluía, que quizás el odio y todo lo que puedan tener contra los negros, es tal vez por envidia, ya que al ser esclavos, los negros aprendimos a ser fuertes para el trabajo, a ser valientes y pelear hasta la muerte por nuestros derechos.

De igual forma, tenemos una piel resistente al sol, a los mosquitos y a sobrevivir cualquier desafió natural, porque nuestra piel no destiñe, pues la abundancia de melanina nos hace invulnerables. ¿Y para qué hablar en los campos del deporte?

En verdad, algo que me llama la atención, es que tanto negros como blancos, todos morimos y nos comen los gusanos, pues no hay gusanos que hagan la diferencia; ni hay gusanos para blancos y para negros, ni la muerte prefiere más a los negros. Así que lo mejor que nos puede pasar a los seres humanos, es vivir en armonía, entusiasmo, daltónicos y ayudarnos como ejes de la creación, para que encontremos un progreso en unión y con optimismo.

Finalmente, debo manifestar, que por más que la conciencia me azuzaba, para despreciar a los que me despreciaban, nunca mi corazón se entenebreció, por odiar ni tener rencor hacia mis ofensores, pues para mí siempre ha existido la regla del amor sin límites y me he aceptado con orgullo como soy aceptando a los demás tal como han sido creados.

Por otro lado, en la ciudad de la eterna primavera, también se repitió lo del bachillerato en Apartadó; como los recursos no me alcanzaban para pagar una pieza para mí solo porque el costo de vida o la llamada canasta familiar era inalcanzable, al principio tuve que vivir alquilado en casas de familiares. Especialmente, varios primos que conocí mientras era estudiante.

Asi fue entonces, que saliendo de vivir donde mi tío Asael salcedo el agente de policía, me fui a vivir con mi prima Nohemí y los primos Magdonio, Adam y Baldomera, todos en una casa; ellos con sus esposas y sus hijos y yo con un catre y una cobija dormía en el pasillo.

Posteriormente, cuando tuve más dinero del trabajo en aquella fábrica de calzados, pude comprar más ropa y tener un poco de dinero, para comprar ciertos libros. Así mismo, para pagar por el arrendamiento en una pieza independiente.

Bueno, alquile en el barrio Manrique pedregal, de donde al cabo de seis meses me tuve que ir, porque la dueña de la casa me encontró una propaganda o afiches del EPL y las FARC.

Efectivamente, esos papeles era costumbre encontrarlos en las barandas de la universidad, alguien los ponía allí y el que pasara los podía coger; se trataba acerca de sus objetivos de lucha armada y querían hacer conocer sus ideales.

Para mí, esto era muy importante, pues en mi afán de conocer los verdaderos motivos y razones de la lucha armada los leía, queriendo así encontrar la diferencia entre la verdadera filosofía Marxista-Leninista y la delincuencia común armada en forma de ejército y sin objetivos claros.

Bien, yo pensaba que leyendo todo lo que se atravesara me serviría para ganar más conocimientos; pero la dueña de la pieza donde vivía en alquiler no lo tomó así; ella pensó que yo sería un guerrillero y me tiró, los chiros a la calle, es más hasta me regaló el último mes de renta.

¡Siempre en mis reflexiones, me decía!, cuando yo logre ser alguien en la vida, les voy a ayudar a todos los que me dieron la mano, en estos tiempos de dificultad.

Corrió el tiempo, y decidimos con mi novia vivir juntos compartiendo los gastos. En esa etapa de mi vida, para mí era muy duro aceptar el carácter y la personalidad de alguien viviendo conmigo. En verdad, los malentendidos fueron el pan de cada día; pero las sonrisas de felicidad daban plenitud al atardecer.

Un año después, aprendimos el uno al otro lo que vale el respeto y cariño, pues nuestros primeros meses fueron de superación en nuestros caracteres. Bueno, fueron momentos difíciles; ¡pero los supimos sortear con mucho tino!, no le dimos paso a la tristeza, ni al dolor ni a la desesperanza, porque éramos ricos en abundancia en amor, aunque a veces me preguntaba, si el amor podría darse sin las cosas materiales.

Pero, yendo atrás, considero que el sufrimiento y el dolor hacen parte de la mortalidad del hombre; sin embargo, los dos no son motivo para que el ser humano se olvide de sus metas, de los deseos de superación y de la búsqueda de un nuevo porvenir; por eso, nos aventuramos en nuestro idílico romance y no permitimos ni al viento por invencible separarnos.

Es decir, tropezamos, nos levantamos, sonreímos y lloramos juntos; pero compartimos de lo mejor que llevábamos internamente; esa gracia creadora y emancipadora de ver un nuevo despertar, y fue cierto, el futuro nos dio la razón.

En mi propia historia de ser mortal, todo esto me ha ayudado a definirme a mí mismo, como aquel hombre que sin importar los áridos caminos, los sinsabores, las caídas y toda clase de peligros visibles e invisibles encontrara su objetivo.

Con este fin, allí es donde he sentado mi confianza en lo que soy y lo que seré y el devenir del tiempo en su excentricidad me ha tornado jubiloso. He alcanzado mi meta, he llegado hasta la cima; todo es posible, no hay nada inalcanzable y aun reconozco que no he terminado.

Pero, además, al tiempo que crecía y fortalecía mi cuerpo físico a través del deporte, mi espíritu y mi fe se engrandecían, permitiendo a mi mente concebir lo inconcebible y conectarme con el camino que me llevaría al éxito como un ser humano normal.

Crecía espiritualmente porque, sin embargo, a pesar de todo lo que mi divinidad Angelical me había enseñado en todas mis andanzas celestiales; también mi instancia material de humanidad latente se negaba a creer que Dios me amara, debido a todo por lo que pasaba desde que estuve entendimiento, mas no era así; estas solo eran oportunidades que el Creador me permitía para ser mejor cada día y no tomar todo como una concesión universal.

¡En mi mente siempre cuando estaba en las competencias, me decía a mí mismo! Yo seré ganador, lograré pasar la meta con el mismo aliento al empezar; los atletas élites no me asustaban; pues todos tenemos dos piernas y la decisión de ser mejores. En la realidad, ellos me ganaban sobrados; pero yo en mi mente siempre les ganaba, porque salía dispuesto a ganarles desde mi interior.

Cada vez en las Carreras, formaba mi fotografía en el pódium, recibiendo una medalla o un trofeo. En muchas ocasiones se hizo realidad, porque mal contadas aun mi madre guarda unas 70 medallas y unos 20 trofeos durante mi Carrera deportiva en Medellín. Lo único nostálgico, que recuerdo, es que yo siempre quería que algún familiar cercano estuviera conmigo, para ofrecerle mis logros y sentir un poco de motivación; pero la vida me lo negó y no la culpo por eso.

Mientras tanto, en mis reflexiones aún recuerdo los días cuando en una de esas mañanas de entrenamiento, me tope frente a frente con la muerte, la cual en cierta ocasión me dejó ir descalzo y por poco en calzoncillos.

Fue precisamente, en una mañana sabatina cuando me desperté bien contento y zalamero, deseoso de hacer deporte, porque mis tenis viejos, con los cuales no podía apagar colillas de cigarrillos porque se me quemaban los dedos; habían sido reemplazados por aquellos Adidas blancos con rayitas azules verticales a los lados, livianitos como una pluma, blancos como el algodón y en mis pies se veían muy bien.

De veras, solo me los ponía por primera vez. Entonces, no quería tan siquiera verlos sucios, de cualquier manera, eran mis primeros tenis finos para un atleta en formación y comprados con el salario del sudor del trabajo en la fábrica de calzado italiano.

Así y todo, decidí, ponérmelos para darles un paseo por el Cerro el Volador, para crear más fuerza entrenando en subida y de esta forma correr mejor los 1,500 metros en la pista de atletismo Alfonso Galvis.

La decepción me llegó, cuando a eso de la mitad de la subida al cerro, me salieron tres sardinos a mi paso. Uno con su revólver o quizás su pistola apuntándome y haciéndome señales con la mano que parara, a lo cual accedí sin más pregunta, pues el arma tenía la respuesta, y en aquella época, era de temer, pues muchos pelaos andaban sueltos con armas fáciles, producto de los narco dólares.

¡Me dijo! Bájese de los tenis; ¡negro! Y también la pantaloneta. Mientras seguía apuntándome y los otros dos sonriendo fríamente y sin remordimiento. Sin chistar una palabra y con mucha calma; ¡pero, sin tirarme de valiente, lo miré a los ojos y me señaló, moviendo la mano en que tenía el arma, haber mijo! ¿Qué está esperando para quitárselos?

Entonces con mi pie izquierdo, me quite el zapato derecho y sucesivamente con el derecho me quité el zapato izquierdo; lentamente me incliné, los tomé, los observé por última vez y se los entregué, cuando me iba a quitar la pantaloneta; ¡uno de los de fría sonrisa, puntualizo! ¡Piérdase "negrito" y que no lo volvamos a ver por aquí! Devuélvase ahora mismo.

Casi que caminando; pero no corriendo sobre el pedregal, pensando en las ironías de la vida y por cierto esperando el tiro por la espalda, para asustarme o para dejarme tieso, seguí lentamente. Por su parte, las piedras no me dejaban tan siquiera medio correr a prisa.

Desde luego, que mientras bajaba, reflexionaba y como todo ofendido, pensaba, como hubiera sido, si yo también hubiese tenido un arma y porqué no intentaba conseguirme una en el mercado subterráneo. De seguro, tomaría venganza, volvería al lugar preparado; sería fácil para mí el conseguir un arma así fuera prestada y armar un zafarrancho; ¿quitarle mis tenis, si aún quedaba con vida?

En aquel momento, ese efímero y tenebroso pensamiento, pasó de largo por mi mente. Pensé en aquel instante, que no importando, lo que me había pasado, aún podría comprar otros tenis Adidas blancos y agradecía a Dios por la bondad del joven de fría sonrisa, que me permitió irme aun con mi pantaloneta puesta, pues, que tal hubiera sido, cruzar la ciudad desde el cerro el Volador solo en calzoncillos?

¿Le pregunté a mi consolador, porqué me había permitido, pasar por esta prueba y porque a mí?, su respuesta me llegó de inmediato. ¡Yo soy tu protector! Nadie te hará daño, yo te proveí para los tenis y yo te permitiré comprar no solo uno, sino muchos, quizás mejores. En cuanto a los que te robaron, ellos también serán robados.

Pero, además, siguió diciéndome en mi mente y en los latidos de mi corazón ¡Mía es la justicia, yo vengaré! Y es más ¡No permitas que tu ira obre mi justicia! Bueno, me quedé ensimismado y gozoso, anhelando llegar rápido a la casa, ducharme y sentarme a meditar, en agradecimiento por la vida que ahora vivía con mucho valor.

Pero, yendo atrás, cuando me transportaba en los buses a la universidad, pude observar como algunos “bacanes” del vecindario, quienes ya tenían territorio para el mercado de la droga, transportaban sus paquetes de lado a lado, dentro del caparazón de los televisores de 12 pulgadas; pero ese no era mi asunto ni mi interés, solo era parte del diario vivir de la ciudad. Era bien tentativo y lucrativo dicho negocio; pero no era de mi gusto.

Mientras tanto, para la década de los 80s, Latinoamérica sufría en el campo económico; por los incrementos en los intereses de la deuda hacia el fondo monetario internacional y

Buscaban un modelo de sustitución de importaciones por más exportaciones como parte del desarrollo económico local.

Un poco después, los narco dólares colombianos se hicieron presentes, manteniendo estable el sector industrial y el impacto no fue muy rotundo en el crecimiento regional, especialmente en grandes ciudades donde el lavado de dólares era inminente.

Sin embargo, con muchos dólares en manos inescrupulosas, el poder del dinero y las armas hacían crecer la tensión. Desde luego, el miedo se reflejaba, en los habitantes, no solo de Medallo por las bandas de milicias, que operaban en sectores estratégicos, sumado al del sicariato motorizado; sino de todo el país.

Corrió el tiempo, y se presentó la toma del palacio de justicia en Noviembre del 85, la muerte de los once magistrados y en total, las 150 o más personas calcinadas por el M-19, la muerte del ministro de justicia Rodrigo Lara Bonilla en manos de sicarios y en fin las revueltas callejeras.

De todas formas, todo esto, me permitió volver a repensar mi futuro y observar una salida viable, como jóven, quien tenía objetivos claros a alcanzar; pues la juventud de la época, divagaba, entre el servirle al estado en las filas militares, servirle al narco tráfico o jugársela en la guerrilla como uno más de los inconformes con las acciones estatales y de la politiquería partidista.

Pero, además, la persecución a la Unión Patriótica, en un genocidio político sin precedentes en la república de Colombia, el Dr. Jaime Pardo Leal, su líder, fue asesinado junto con muchos más activistas y dirigentes hacían más difícil el panorama en Colombia.

Es decir, esta fue la década de muerte y persecución a la izquierda colombiana y en fin; toda una serie de hechos violentos que congelaban la mente jóven y aún yo no me escapaba habiendo venido directamente de la región donde el crecimiento del partido comunista y la Unión Patriótica estaba en su apogeo aún con todas las muertes de sus líderes.

Por su parte, Pablo Escobar, con las construcciones de canchas de balón pie, suplementadas con el alumbrado público, conquistó los corazones de muchos jóvenes y comunidades, donde las administraciones municipales, solo hacían aparición en momentos de elecciones.

Luego, construyó el barrio de su nombre, en el sector oriental de la ciudad antes llamado: "Medellín sin tugurios". Para los que vivíamos en Medellín, oriundos o solo de paso, el concepto general acerca de Pablo Escobar, era, de que este fue un hombre "bueno que la sociedad corrompió" y su peor error fue tratar de meterse con los políticos ladrones de cuello blanco.

Durante mis tiempos de estudiante en la capital de Antioquia, los carteles de la droga de Cali y Medellín, empezaban a tener sus roces y las bombas comenzaron sus explosiones, para terminar con todas las drogas la rebaja. Era un verdadero caos; pero con explosiones, balaceras y carreras, los que necesitábamos ir al centro de Medellín teníamos que hacerlo pues la ciudad estaba bien caliente; pero había que correr el riesgo.

Desde luego, que había bastantes armas en manos de los sicarios y bandas de barriadas, los que en cualquier esquina formaban las trifulcas; eran tiempos difíciles donde muchas vidas inocentes cayeron en los fuegos cruzados.

Para mí, el solo hecho de ver dos personas en moto, ya me causaba preocupación de pensar en quien sería la próxima víctima. En ocasiones, caminando por las calles bajando de la barriada, pude ver como acribillaban a personas y como si nada, el parrillero de la moto, se encaletaba la ametralladora y seguían. Solo quedábamos los transeúntes perplejos y escondidos hasta que ya la novelería empezaba a ver al muerto.

Hubo una vez, en que casi me matan, por robarme la calculadora científica. Mi salvación, fue tirarle los libros al ladrón y salir corriendo; pero en esto de la ciudad de aquellos tiempos, a veces era mejor quedarse quieto y entregar todo sin chistar. De verdad, que en ocasiones, la punta del cuchillo, me hacía cosquillas en el estómago.

Bueno, allí era cuando sentía un poco de frío mental y ausencia racional, del solo hecho de saber que una calculadora, tenía más valor que la vida misma.

Pero, sin embargo, mi vida tenía que seguirla viviendo con positivismo, dejando atrás lo que había ocurrido hace un instante y mirando al frente para disfrutar lo que quedaba del día; al final de cuentas, volver a la casa ya era ganancia.

Puedo decir ahora con acierto, de que Dios peleó mis batallas y me guardó de muchos peligros; especialmente, cuando recuerdo, aquel momento, caminando por el pasaje Veracruz y se formó el alboroto.

Todos corrían de un lado al otro y yo iba a la universidad; pero, de repente, sentí un toque en mi hombro derecho, miré hacia atrás y pude ver como el brillo de algo estaba cerca de mí. Me moví al instante y observé, como un peatón, que caminaba cerca de mi cayó al suelo, herido de muerte; por un ladrón que en su afán de escapar tiraba puñaladas al que se le atravesara en el camino.

Ahora estoy seguro, de que hay una fuerza positiva que opera en mí que me hace conectar con lo divino y me alerta en mi destino.

¡Los noveleros me rodearon, mirándome por qué no tenía sangre y diciendo! Huyy, parcerito!, ¡usted tiene las siete vidas del gato!, ¡porque lo vimos con los menudos afuera, hermano! Yo solo seguí mi camino, hacia la universidad y pidiendo a Dios misericordia para tanta gente mala.

Pero, además, iba pensando, lo ágil que había sido; ciertamente que no fue mi agilidad, sino la fuerza poderosa que como siempre ha tomado cuidado de mi por ser parte de su existencia. ¡Dios me sacó de otra o la muerte me desprecio!

El tiempo corría, los semestres se esfumaban como por encanto, UNAULA era mi segundo hogar. Desde luego, compartiendo, con las dos compañeras de estudio que siempre nos reuníamos: Ligia y Amparo, los tres siempre teníamos muchas sonrisas llenas de esperanza, aun en la desesperanza ciudadana.

Argumentábamos, sobre los postulados keynesianos, o sobre la situación nacional y al final terminábamos concluyendo que el 50% de la población mundial, quería comerse al otro 50% y ese 50% siempre estaba buscando maneras de no dejarse comer.

Es decir, por más que las leyes, decretos, ordenanzas y acuerdos, se manifestaran para corregir los comportamientos sociales; siempre existirían otras leyes naturales que le buscarían la caída a las normas robotizadoras del estado y sus organizaciones y los habitantes buscarían lo más fácil y de menos controversia.

Los viajes con el equipo universitario de atletismo, me ayudaron a reconocer los valores escondidos de muchos compañeros; jóvenes talentosos, eufóricos con deseos de ser alguien, no solo quedarse con un título enmarcado en la pared; sino con propósitos de servirle a la sociedad.

Efectivamente, eran rostros llenos de optimismo y a mí se me pegaba esa fiebre del optimismo más y más, haciéndome volar bien alto. Es decir, no solo en los estudios académicos; sino en el campo deportivo, quería emular al Víctor Mora García, al Jacinto Navarrete o al mismo Silvio Salazar; grandes figuras del atletismo colombiano.

Todo lo que ocurrió conmigo en Medellín; las varias atracadas a mano armada, las amenazas con armas de fuego, los insultos verbales, los empujones, las patadas policíacas en las batidas y el desdén social hacia las minorías; no pararon mis aspiraciones por lograr mis objetivos profesionales; mas usé cada una de estas situaciones e instancias para darme valor y entereza por encontrar mi destino y valorar mis cualidades personales; pues re-definí mi carácter con mente abierta global y descentralizada.

Sin lugar a dudas, que siempre en mis cavilaciones observaba a mí alrededor jóvenes, con mentalidad de ganadores, con proyecciones fuera de lo común; pero con metas alcanzables, con mentes a la vanguardia del paso gigantesco de una revolución social del pensamiento y con libertad de acción.

Por su parte, el lograr mis metas personales fue algo que emergió en mí sin presión; la soledad y el hecho de no encontrar reprensión familiar, me permitía sentir la felicidad de que no había nadie quien me estuviese empujando para hacer lo que su carácter le dictase. A decir verdad, ninguna persona cercana pudo levantarse y decirme cómo manejar mi modelo de desarrollo personal y de la sociedad no me dejé vencer con sus tácticas de discriminación; pues siempre centraba mis esfuerzos en saber quién era, y quien soy hasta el momento.

Por ahora, todo viento soplaba a mi favor, ya me encontraba cerca de la libertad, ya estaba a punto de lograr una meta más; me enamore de la vida después de vivir muchas instancias cercano a la muerte; observé vida a mi alrededor, sus pasillos me iluminaron y anduvimos juntos largo tiempo sin temor. Mi ser racional se vislumbró, al entender que por más que la muerte se apasionase en contra de la vida, el fulgor de un nuevo despertar reactivaba mi conciencia y los deseos internos de poder ver el final del sol al atardecer.

Desde luego, aquella nube que se posaría frente a mí en el parque infantil de Apartadó, a la cual quise saltar y transportarme a un lugar del infinito, me había dejado en una gran urbe con muchas luces que estaban alumbrando mi camino.

Al final de cuentas, finalicé mis estudios universitarios en el año 1987, luego salí en busca de trabajo para pagar los derechos de grado; volviendo al pueblo de Apartadó el lugar que me vio crecer; pero ya no era un pueblo era una ciudad convertida en el polo de desarrollo de Urabá.

De todas maneras, ya el cambio se vislumbraba y los conocidos eran desconocidos, las memorias estaban focalizadas en la euforia de los partidos políticos y la nueva toma del Urabá de la Unión Patriótica; pero, yo, para muchos líderes no tenía arrimadero.

Volví al parque; pero ya estaba siendo modernizado; corrí entonces hacia el charco del ahogado en el río Apartadó, para ahogarme en el súmmum de mis reflexiones y focalizar mis pensamientos.

Un poco después, luego de pedirle consejos a mis amigos celestiales me dijeron la verdad: ¡sal pronto de este lugar!, trae a la memoria lo alcanzado hasta el momento y apártate del temor de lograr tus ideales; pero yo sin embargo, me convulsioné y seguí el latir de mi corazón, quería servirle a mi región como todo orgulloso hijo de Urabá y traté de trabajar en las plantaciones de banano.

Sin embargo, me convencí de que para el trabajo en las bananeras no hubiese necesitado quemar mis pestañas y gastar mi mente por cinco años en la universidad, así que recogí mis pertenencias y me embarqué de nuevo para Medellín.

Finalmente, mientras pasábamos por las poblaciones de Carepa y Chigorodó en el bus de regreso; volví a verme en el océano incierto de la memoria cavilante, me tiré a rodar sin puerto de desembarque y pude encontrar mi destino final. Estaba dentro de mí; pero lo había dejado en la penumbra, era ahora el verdadero tiempo de lanzarme para ver qué era lo que había dentro de mí como mortal que pudiera elevarme y alcanzar mis ideales.

Lo absurdo de este momento; era que por más que los hechos me mostraran la realidad, aun mi mente concebía la imagen mía del hombre victorioso, alcanzando una cima inalcanzable y proyectando con eficacia los conocimientos adquiridos en el Alma Mater.

El bus hizo su primera parada, en el retén de la población de Mutatá. Allí pude ver un pasacalle que decía: "Belarmino Salinas alcalde", al momento me bajé del bus pregunté donde encontraría a dicho personaje y en el restaurante de nombre "El Retén" me dieron el teléfono donde podría llamarlo.

Ya en Medellín, lo llamé y me dijo que volviera hasta donde él se encontraba, en el corregimiento de Belén de Bajirá-Municipio de Mutatá y así pude reunirme nuevamente con el compañero de estudios, quien en el pasado me dio albergue en su casa cuando era estudiante de bachillerato y andaba como judío errante.

Precisamente, el día en que mi padrastro apodado "Palillo" me correteó con una peinilla para matarme porque le tiré una botella de cerveza por estar ultrajando a mi madre. Belarmino y su familia me abrieron sus puertas para protegerme; este ahora era un hombre de negocios.

Don Belarmino fue el primer alcalde por elección popular de la Unión Patriótica y yo fui nombrado Tesorero Municipal, así comencé una nueva etapa de mi vida; pero el precio político, la persecución y exterminio contra los miembros de la Unión Patriótica, hicieron que esa misma nube de aquella tarde del parque me arrojara en otra esfera del universo.

Pero, sin embargo, ahora ya tenía un título universitario, tenía una compañera para expresarle mi amor, tenía trabajo y parte de la felicidad se reflejaba en mi interior aun sin la libertad deseada.

MI TIEMPO CON LA UP...Continuará

Manufactured by Amazon.ca
Acheson, AB